花咲ける上方武士道

下巻

司馬遼太郎

目次

花咲ける上方武士道　下巻

闇の中の女

1

湯を使ってから、少将則近は部屋へもどると、廊下に女中が白木の三方をささげて、すわっていた。

「どうした」

足をとめてきくと、

「東五条参議さまからのお使いの者でございます」

旅籠の女中なのだろう、手足の大きな女だが、東五条卿の部屋つきになっているらしく、付け焼き刃の行儀作法でかしこまっているのがいかにもこっけいだった。

部屋に入れて、

「口上は？」

「参議さまのお部屋まで、ご足労ねがわしゅうございます」

女中は、少将をただの浪人者と思っているらしいのだが、ちょっと気がかりになって、

「わたしはだれだとおもう」

ときいてみた。女中はくびをかしげて、

「さあ」

「いや、いい」

少将は、この道中では宿帳に、摂津浪人大石内蔵助と書くことにしている。しかし、東五条忠道が、正体を旅籠の者に明かしでもしたのではないかと、すこし気になっただけのことだった。

「それは?」

「焼き米でございます。ごあいさつがわりにもと」

「なるほど」

いかにも忠道卿らしかった。焼き米というのはこの庄野の宿の名物で、旅人たちが国もとの子どものみやげに買う。にぎりこぶしほどの小さな俵に焼き米を入れただけのものので、あたいは一つ五文である。この宿場の茶店なら、どの店の軒下でもならべてある

ものだが、そのだ菓子をたった一つうやうやしく三方に載せて持たせてよこすところは、しわいい忠道らしくておかしかった。

少将則近は、佩刀をとって、庭へおりた。参議忠道の部屋は、林泉のなかにあるすきやふうのはなれにあった。少将は庭をめぐりながら、

（しかし、なぜわかったのかな？）

自分が、高野少将則近であることを、忠道はどうして悟ったのだろう。

（こうかつなだけで、そういう点ではいっこうに鈍感な男であるはずだが。……）

参議のあぶらのういた顔を思いうかべながら、少将はくびをひねった。

風があたたかく、湯あがりの皮膚にここちよかった。

（ことしは、花が早かろうな）

ふと、そんなことを思い、花にうずもれた嵐山のあざやかなみどりを思いだした。

（おれも、そろそろ都が恋しくなってきたのかな）

公家社会の因循さがきらいで大坂へとびだした自分だが、おのれを生い育ててくれた京の風物には、ときどき胸にしみとおるようななつかしみをおぼえた。

はなれの廊下に、参議の青侍が、ひとりぽつねんとすわっていた。

「宿直(とのい)かね」

「へい」

　この男も、素性をあらえば、京の呉服屋あたりの手代なのだろう。

「わたしはあちらのむねの客だが、東五条卿はわたしになにか所用があるらしくてね。あがらせていただく」

「は。それでは、これにて」

「いや、通るよ」

　縁へあがり、そのまま階段をゆっくりのぼって、参議の部屋の前に出た。

「だれかな」

　部屋のなかから、間のびした声がきこえた。

「ごめん」

　少将則近は、カラリと障子をひらいた。

「な、なんや、案内(あない)もこわずに」

　参議忠道は、顔をあげずにどなった。ひざのうえに焼き米がいっぱいこぼれている。あき俵がひとつころがり、両手には、むきかけの小俵をつかんでいた。夢中で焼き米を食っていたらしい。

そでで口をぬぐってから、あわてて顔をあげて、

「あ」

と目を見はった。

「これはこれは。やはりまちがいはなかった。少将じゃったわい。こっそり、そのなりで道中とは、お人がわるすぎますぞ。さ、こちらへ」

参議は立ちあがって上座を明けようとしたが少将はだまって手をふった。

「いいんです」

その場ですわると、

「だれからお聞きなされた」

「おなごや」

「女?」

少将は、すぐお悠を考えた。しかし、はずみがつけば何をしでかすかわからないお悠でも、まさか少将の正体を明かすようなばかなまねはすまい。

「どんな?」

「武家ふうのおなごや。目もとがよう張って小鼻がかわゆかった。市松人形（いちま）のように無邪気な顔をしておったが、ああいうおなごほど、シンはこわいぞ。少将はあのおなごをいらわれたか」

「……いや」

　少将は、遠い目をした。

　見当がつかなかった。

「この旅籠で、でありましたか」

「おう、いかにも。ほんのついさき、このはなれの縁のさきまでやってきて、青侍に書状を託しおった。まろは縁まで出て、会うてやったが、あれは少将の思い女（め）かな？」

「いや」

「まあ、それはどうでもよい。少将は、そのなりで、こんどはなにかの勅使でご下向かな」

　参議忠道は、あいそう笑いをうかべながら、さぐるような目で、少将の顔をのぞきこんだ。

「いや、遊山です」

「お隠しなはるな。遊山やとするると、武家伝奏にまで届けられたのか。公家が無断で京を離れますと、失態は関白どのにまで累がおよびますぞ」

いってから、参議忠道はつい語調がつよすぎたのに自分でも気づき、急に少将の前に上体を倒してきて、

「少将、お隠しなはるな」

目じりで笑って、少将のひざを突き、

「まろにも、ひと口、お乗せくだはらぬか。微行でご道中とは、よほどいかいもうけばなしであろうとみたが、どうやな」

といった。

「まあ、そうです」

少将則近は、あいまいに笑った。知られてしまってはしかたがない。いっそ、公家道中のもうけ仕事にきているといってしまったほうが、忠道のような男をいいくるめやすいと思った。案の定、忠道はひざを乗り出してきて、

「まろにも、ひと口のせてたもらぬか」

「いや、わたしの口に乗らなくても、あなたのほうがじゅうぶんおもうけでしょう」

「あかん、それがさっぱりじゃわい」

参議忠道は、鉄漿（かね）をつけた口をひらいて、手をふった。

「まろは、こんどの道中では、いこう、しけでござってな。勅使で下向したさきは、鹿島の宮でござったが、この土地がまた、吝うて、吝うて、どもならん。こっそり荷駄に入れて持っていった京呉服が、半分も売れのこってしもうた。道中も道中であった。どこぞの大名にたかろうかと思うたが、二万、三万石の大名行列に出会うばかりでな、とんと金になりませなんだ。げんにここの宿場でもそうであります。摂津三田（さんだ）の九鬼（くき）が泊まりおったとみて、さっそくねじりこんで早泊まりと決めたまではよかったが、こいつがまたしわい。いまも、使いの者だけはむかいの本陣へ出してはいますがな。こっちの口上は、わずか三万石の小大名が本陣にとまって、参議中将の堂上を旅籠にとめるとはなにごとや、ちゅうことやが、はてはて、どれくらいのあいさつ金を持たせてよこすやら、心細いことでありますわい。九鬼あたりが相手では、なんぼにもなりまへぬわいな」

「しかし、さきほどは、このはなれの階段から落ちられたとか」

少将はからかうようにいうと、

「ほほほ」

口に手をあてて、

「もうお耳に入りましたか。あれはもう古い手じゃ。おはずかしい」

正直にてれて、

「しかし、やむをえなんだ。こうしけではたまらぬと思うて、公家道中の故知にならい、怪我をせぬ程度に落ちてみました。おかげで、宿役人から二両、旅籠から二両、それに本陣から一両と、あわせて五両の見舞い金をもってくるそうや。おかげで道中のちり紙代ぐらいにはなります」

「けっこうですね」

少将は、苦笑するしか手がない。

「なかなか」

参議は、目をむいた。

「これがけっこうなものかえ。このさき京まで宿場はもう幾つともないのに、この調子では、湯でも売るしかしかたありますまい」

「湯を?」

「ああ、入浴の残り汁を。地下者たちはわれわれの使うた湯の残りをもろうて、癇や疝の薬としてのむらしい。おおむねは、これはただでありますがな。ときには、いくばくか賽をとる公家もある」

参議忠道はのぼせ性らしく、まだ時節が早いというのに額に汗が浮きでていたが、それを手のひらでツルリとなでおろした。なでおろすと急にげびた顔つきになった。

「ところで」

参議忠道は、汗を手のひらのなかでもみこすりながらいった。

2

「少将は、旅籠の玄関に関札もあげられず、身分もかくしておられるようやが、公家が公家でのうなっては通力があるまい。いったいそのもうけ仕事とはなんでありましょうかな」

「いえませんね」

「それは殺生な」

「そのかわり、分けまえだけは差しあげましょう。二十金ではいかがです」

「おお、二十両――」

「他言はご無用でありますぞ。もし、京へ帰られてから、海道で高野ノ少将に会うたなどと申されたら、他日、お命をいただきにまいる」

「おお、こわや」

忠道は青くなって、

「少将はまるで地下侍のように、剣技をまなばれたそうな。聞きましたぞ。まろの屋敷にくる長州の藩士が申していたが、京にいる薩長会土の諸州の士のうち、少将ほどの使い手はひとりもおらぬそうじゃ。そのもうけ仕事というのは、なんぞ、夜盗のようなことか」

「まあ、それに似たことですな」

「この口止めは、二十両ではやすい」

「三十両にしましょう」

「いや、四十両でどうじゃ」

参議はずるそうに声をひそめた。

「いいでしょう。そのかわり、お口がすべれば、お命をいただく」

「おお、こわやな」

首をすくめ、手だけはそっと出して、

「金子は、たしかでありますな」

「のちほど、百済ノ門兵衛という者に運ばせます」

「ああ門兵衛、その者、知り覚えておきます」

いってから口をつぐみ、いかにもその地下者に慈悲をかけてとらそうという顔つきでうなずいて、

「それで、少将」

「ちょっと」

少将則近は、目で制し、そのまま座からはねあがって、いきなりうしろの障子をあけた。

だれもいない。

少将は、しばらく廊下に立っていた。

ゆらゆらと立ちのぼるように、女のにおいが残っていた。

（だれかが、いた）

女だ。

少将はちょっとくびをかしげてから、部屋のなかの忠道に立ったまま黙礼して、階段をおりはじめた。

（例のいたずら好きな京の雅客たちだろう。この旅籠にその者たちがとまっているとすると、今夜あたりわたしの寝所は無事でないかもしれない）

「もうし」

少将は、はっとした。

しかし、おどろくことはなかった。声は、階段の上からふってくるのである。少将が上をみあげると、参議忠道の顔がのぞいていた。

「四十両をお忘れなきように」

少将は笑ってうなずくと、すぐ真顔にもどって、ぬれ縁をおりた。

庭をあるきながら、あたりをみまわした。旅籠石見屋は、大小五つのむねでできあがっている。ほとんどの部屋が灯を消しはじめていた。西のむねの二階にざわめきがきこえるのは伊勢講の団体でも泊まっているのだろう。

「御所様」

急に茂みのなかから、地虫のように低い声がきこえた。青不動が、焼き物の蟇のように低くはっているのだ。

「どうした。蚊でもとっているのか」

青不動には、そんな冗談は通じない。しばらく黙って、少将のいう意味を思案していたが、やがて、

「蚊には、まだ時節が早うござる」

「そうか、早いかな」

少将は横顔でうなずいてやった。

「ここで、御所様の御身をひそかにおまもり申しておりました」

「ふむ」

青不動をみた。この男は、少将がどこへ身を移しても、つかず離れずにひそかに身辺を守護しているようだった。

「見なかったか」

「は。なにを?」

「女だ。ついいましがた、このはなれに忍び入って、おそらく、外へ出た」

「これは」

青不動は、急にあたりを見まわして、

「不覚にも、見ませなんだ」

「おまえよりも、うわてがいるとみえる」

「いや」

首をふり、

「おそらく、あれなるはなれにまだ潜んでおるのでござりましょう。未熟ながら青不動、これにありまするかぎりは、それこそ羽虫のうごき一つ、やつがれの目のそとをごまかすことはできませぬ」

「あれに？」

少将は、いま出てきたばかりのはなれをふりかえった。なるほど、あの女は、東五条卿に書状を差し出しにきたとき、すでにあの建物のどこかに潜入してしまっていたのかもしれなかった。青不動は、あごをあげて、

「離れの天井裏にでも忍び入って、とらえましょうか」

「よせ」

少将は苦笑した。

「この夜中に、大きなねずみが二ひき天井でさわぎまわっては、東五条卿が肝をつぶしてしまうだろう。それこそ、京まで医者をよびにやらねばならなくなる」

3

部屋にもどってから、少将は門兵衛をよんで、金はいくらあるかとたずねた。

「まあ、無尽蔵にござる」

門兵衛はほらをふいているのではない。

「路用のために所持しているのは、この腰につっているものだけでござるが、必要さえあれば、書状を大坂の小西屋に出せばいつでも金飛脚がもってきてくれます」

「参議忠道卿にな」

「ああ、口止め料でござるか」

金のことになると、門兵衛の頭のまわりは早い。うなずいて、

「四十両でござるな」

「いっておくが」

少将は心配になってきたらしい、

「むこうへ行って値切ってくれるなよ。値切ったために、京へ帰ってしゃべられてはならない」

「心得申した」

「あぶないな」

「だいじょうぶだす。あぶないといえば、例のおなごがまた出ましたぞ」

「例の女?」

「ほら。京の玄興院、琵琶湖の湖上であらわれたあのおなごだす」

「やはり、あのときの女だったのか」

「会いましたか」

「いや」

「まるで、禁裡はんのつき神みたいについてまわりよりまンな」

「門兵衛」

「へい」

「青不動にも伝えておいてもらおう。今夜はわたしの部屋へ近寄るな」

「なんでだす?」

「理由はきかなくてもわかっているだろう。雅客を誘いよせてみる」

夜がふけた。

少将は、小さな青磁の香炉を自分のまくらもとの、明かり障子のそばに置き、香をくすべた。もし夜中に障子があいて、風が吹きこんでくれば、香煙が自然、顔に吹きかかってそれが知れるという計算であった。

小柄を一本、敷きふとんの下に入れた。念のためにわきざしをだいて寝た。

(あとは、客を待つばかりだ)

まくらもとの有明あんどんの灯を吹き消し、目をつぶった。

つぶったまま、今夜は朝まで寝入らないでおこうと、薄く寝息だけはたてた。

(これはいけない)

そう気づいた。幕府の雅客にえらばれるほどの忍者なら、作り寝息と正銘の寝息の識別ぐらいはできるはずであった。

(この寝息では、客はいりにくかろう)

少将は、寝入ってしまおうと思った。そう努力しなくても、少将の若い健康な肉体は、すぐ熟睡にはいった。

夢をみた。

いくとおりかの夢をみたはずだが、少将はどの一つも覚えていなかった。

少将は、その瞬間の自分の所作を、自分でもおぼえていない。

はッと気がついたときは、寝ていた少将のからだははねとんで、ふとんの上に立てひざをつき、わきざしを居合いに構えていた。

「くせもの、うごくな」

少将は、黒く満ちる闇を、とぼしい視力でなめながら、低くいった。

わからない。

たしかに、賊がはいった気配だけはしたのだが、この闇のどこにその者が沈んでいるのか見当がつかなかった。

沈黙があった。

この部屋のなかに、たしかにもうひとりの人間がいるのだ。気配だけはする。

少将の視力が夜目に慣れるよりも早く、いままで香のにおいにむれていた嗅覚がよみがえりはじめた。

髪のにおいがした。

においは、うごかない。

少将は、その位置を見さだめようとしたが、それよりも早く、においは声をだした。

「高野さま。どうぞ、あんどんに灯をお入れあそばしますように」

ひくいが、うつくしい声だった。少将はおもわずつられて、

「灯を?」

女は、みずから進んで姿をみせようというのだ。

「あたくしは、いっこうにかまいませぬが、高野さまがご不自由でございましょう」

「ここにあんどんがある。そなたが入れてくれぬか」

少将は、まくらもとのあんどんを、声のするほうへ押しやった。

女は、なにかをまさぐっている様子だったが、やがてカチリと火花が散って、女の細い手と横顔のなかばが見えた。

灯がついた。

女は、あんどんのまるい光のそばで、しずかに頭をさげた。

少将はいった。女は、うごかなかった。両手のこうに顔を伏せたまま、

「頭をあげてよい」

「いつぞやは、ご無礼つかまつりました」

「玄興院であったな。もっとも、ご無礼は玄興院ばかりではなかった」

女は、とりあわず、

「それに、こよいは、わざわざあたくしのためにお人払いしてくださいまして、あの……」

「妖怪というものは、人が多勢いては出にくかろうと思ったまでだ」

「ありがとうございます」

抑制のきいたうつくしい声が、畳のうえをはって少将のひざもとにのぼってくる。

「礼をいわれるほどのこともない。わざわざまいった所用をきこう。そうだ、たしかそちは甲賀郷の郷士望月多仲と申す者の息女であったな」

「はい」

「名は、なんという」

「綾、そうお呼びくだされとうございます」

女は、顔をあげた。

この女の顔を、このような近くでみるのははじめてであったが、思わず声をのむほどのうつくしさであった。

「そちは、やはり化性(けしょう)であるな」

「まあ、なぜでございましょう」

女が、はじめて笑った。

「ちまたや野に生きる常の女ならば、それほどにうつくしゅうはあるまい」

「あの、おわきざしを」

女が少将の手もとをみて、

「おおさめくださいませ。こよいは、きっと無礼は働きませぬ」

「化性のいうことを、信ずることもなるまい。わたしはこのところ、天地のあいだで自分の身をまもるものはこれしかないからな」

「きっと」

女は、急にすがるような目つきをして、

「無礼は働きませぬゆえ、お手もとからおはなしくださいませ。あたくしも、身になにも帯びておりませぬ」

「手の者がいるだろう」

「いいえ」

女はかぶりをふって、

「ひとりも伏せておりませぬ。ただひとりでまいりました」

「なんの所存で?」

「もう一度、ふたりきりで、おねがいしてみたかったのでございます」

「むだだな」

少将はわらった。

「玄興院のむしかえしだろう」

「はい」

「手をひけというのか」

「さもなくば、おそらくお命はございますまい。いまのお姿のままで、江戸へおつきあそばすことは、万にひとつもございませぬ」

「そちらのほうで、手をひけばよい」

「仕事でございます。あたくしども雅客には与えられた仕事を曲げる自由はございませぬ」

「仕事は、高野ノ少将を殺せというのだろう」

「それは」

「おそらくそんなところだ。だれが命じたのかは知らないが——だとすると、そなたのいうことは撞着している。夜中に、そんないらざるせっかいをいいにくることはあるまい」

「かなしかったのでございます」

「ほう。なにが？」

「少将をうしない奉ることが、……」

「——おどろく」

女を、みた。

「雅客にも、そんな情けがあったのか」

「雅客には……」

女は、まつ毛を伏せた。

「女はつとまらぬのかもしれませぬ」

「お綾さんとやら」

「なんでございましょう」

「引きとってもらおう。わたしにはこまったところがあってね、女の口説にはもろい」

「少将」

女は、目をあげて、少将則近をみた。目に、青い怒りがやどっていた。

少将は、だまった。

女がみつめている。やがて、

「では」

と、ききとれぬほどの小さな声で、

「お信じくだされませぬのなら、綾はまた化性にもどりましょう」

あんどんをひきよせた。

少将は、じっと見ている。

女は、あんどんのうえに顔を近づけて息を吸いこみ、いったん吹き消そうとして、どういうつもりか、少将のほうをちらりとみた。わらった。その微笑が、最後のものになった。

闇がきた。

気配が絶えた。少将が灯を入れたときは、女の姿は溶けたようになかった。

素焼きの鈴

1

旅籠帯屋七郎右衛門かたを出た百済ノ門兵衛は、夕闇のせまる四日市の町並みをゆっくりと歩いた。半歩離れて、韮山笠をかぶった見なれぬ武士が付きそっている。

「潮の香が、強うござるな」

武士は、いんぎんに話しかけた。供こそ連れていないが、風采、態度からして、しかるべき藩の御目見得以上の者なのだろう。

「ああ」

門兵衛は、湯の中でため息をつくような気のない返事をして、

「空が曇っとるせいやろな」

笑いもせずにいった。武士は取りつく島がないらしく、笑顔をつづけながら、

「このぶんでは、夜分には降りましょうか」

「知らんな」

にべもない。門兵衛はふところから手を出し、あごに手をあてて、

「倉重兵庫の宿所というのは遠いのか」

「いえ」

武士はあわててかぶりを振り、

「ほんのそこでござります」

そのくせ、四日市の宿をすぎても、

「はい。ついそこで……」

というばかりで、めざす倉重兵庫という者の宿所に行きつかない。

「あんさん」

たまりかねた門兵衛がついに声をあらげたのは、どうやら案内の者はこの武士だけでなく、背後に数人の影がつけてきていることを悟ったからである。

「ここは銭亀橋や。渡れば赤堀の在所になるが、いったいどこへ連れていこうというのかえ」

「まずまず、……」

不得要領にいったまま、武士はふところから布を出して額の汗をぬぐった。小心で善良らしい男であることは、声のふるえでもわかるのである。

(これは、あぶない)

思ったのは、当の門兵衛ではない。

この一行に見えかくれについてきた名張ノ青不動だった。当の門兵衛は、自分の背後を青不動がつけてきていることに気づかなかった。

街道が暗くなった。案内の武士が、ちょうちんをつけた。日が暮れるとともに、背後につけてきている数人の影が案内の武士との間の距離をちぢめた。

(あぶないな)

青不動は、闇の中で溶けながら、もう一度思った。

2

夕食がすんだときのことだった。

海に面した旅籠の部屋で、潮騒の音をききながら晩酌を傾けていた門兵衛は、ちょうど三合めをからにしたときに、かちりと膳部の上にさかずきを伏せたのである。

「青不動、ちょっと出る」

「いずれへ？」

青不動は、さぐるような目をあげた。きょうの午後から、門兵衛の挙動に不審のことが多かった。

「冥土や」

門兵衛はくちびるをゆがめ、ゆがめたままめずらしく柔和に笑って、

「ほんまは遊里へいく。禁裡はんにいうのではあらへんぞ。夜半にはもどるが、もしもどらなんだら……」

門兵衛は、ちょっと思案して、

「お悠と幸吉をな」

「ふむ？」

「大坂へ送り帰してくれんかい」

「それは……」

思わずことばをうしなったとき、門兵衛のからだは障子のそとに消えていた。

（ほんに妙な男であるわい）

ときどき、えたいが知れなくなって、青不動はとまどうことがあった。

昨夜も、庄野の旅籠で床にはいってから、そのことを門兵衛にいうと、

「わいという人間がわかりたいのか。むだなほねをおるな」

鼻で笑い、

「おまえにわいがわからんのと同じように、わいもおまえがわからん。それでええ。人間どうしというものは、こうして一つ部屋で寝ていても、おまえはわいが見えず、わいはおまえが見えん。つい親しさのあまり、互いに見ようとするさかい、無理をして、いざこざもおこる。見ようと思うな。人間というものは、おまえとサル、おまえと犬、おまえとまくら、おまえとつけ物よりもおまえと別の人間のほうがはるかに遠い。わかろうと思うだけむだぼねや」

いってしまってから、門兵衛は重い寝息をたてて寝入った。

そういう門兵衛が、青不動に不審をいだかせたのは、きょうの午後のことだったのである。

青不動が日永の田畠川にかかる板橋を渡ろうとしているころ、割唐子に結った宿場者

らしい女が、前をいく門兵衛に、ひょいと物を手渡して、すれちがった。

「門兵衛どの、それは？」

めざとく見つけて肩をならべると、門兵衛は、うふふと笑って、ふところにねじ入れた。

「鈴でござるな」

赤土で作った素焼きの鈴らしかった。

「しかし、鳴り申さぬのは？」

「うるさいな」

青不動の子ネコのような好奇心には閉口したらしく、

「鈴の口にふみをかましてある」

「なるほど鈴文でござるな。なかなか門兵衛どのもすみにおけぬ」

冗談はいったものの、青不動は信じてもいない。いますれちがった女の様子からみて、どうやらつやごとではなく、だれかに頼まれて文使いしただけのように思えたからだ。

鈴をこぶしで砕けば、ふみが出るはずであったが、門兵衛はふところに入れたまま、手紙を見ようともしなかった。ふみの中身が、およそ見当がついているのだろう。

「はてな」

落ちつきはらった門兵衛の様子に青不動は首をかしげた。四日市の旅籠についてから少将則近に相談してみた。

「門兵衛が？　そうか」

少将は、なにがうれしいのかくすくすと笑って、

「世間をどのようにして渡っているか、見当もつかぬあの男のことだ。いろいろといえぬ事情があるのかもしれない。捨ておいてやれ」

といった。則近は、門兵衛のえたいの知れないところが好きなのだ。

そんなことがあった日の夕刻、門兵衛が行くさきも告げずに旅籠を出たのである。

（おかしい）

青不動は、少将のいうとおり捨てておこうと思ったが、やはりこの男の持ってうまれた伊賀者のさがゆるさなかった。気がついてみれば、青不動のからだは表通りへ出、するすると影のように門兵衛のあとをつけてしまっていた。

3

道は街道から折れて、在所にはいった。寺があった。山門が半ば朽ち落ちている。

「あ、渡辺どの」

武士は、門兵衛の本姓を呼んだ。

「これへ」

「ほう、これか。伊予松山十五万石の大坂留守居役ともあろうお重役が、脇本陣にさえ泊まらずに、なんの忍ぶことがあってこんな荒れ寺にとまっている」

「いざ」

案内の武士は、門兵衛の悪態にはかまわず山門をくぐり、庫裏へ先導し、やがて奥まった部屋に案内すると、しきいの外で平伏した。

「あほらし」

門兵衛は苦笑したまま、答礼もしない。

「お腰のものを」

武士がいったが、門兵衛は聞こえぬふりで横をむき、床の間の軸を仰いだ。文字からみて臨済禅の末寺なのだろうか。

「ほう?」

門兵衛は目をつぶった。軸の文字に感心したのではない。右側のふすまのむこうに、人の潜んでいる気配がしたのだ。

(松山藩は、わいいを殺す気か)

門兵衛の口辺に、うずうずと満足げな微笑がわきあがってきた。

(うふ)

大坂の一介の商い侍が、十五万石の譜代大名を相手にけんかをするのは、わるい気はしない。

ふすまがひらいて、小太りの中年の武士がはいってきた。

男は、下座にすわると、しばらくだまっていた。

門兵衛も、表情を消して、口をひらかない。やがて、相手がつやのいい顔に微笑をうかべると、

「お察しくだされておりましょうな」

「なにが?」

「これは痛み入る。拙者が、わざわざ大坂の地から貴殿のあとを追うて四日市くんだりまでまいった意の内は、先刻ご承知のはずじゃ」

「はて」

門兵衛は、かたわらの盆からみかんを一つとりあげ、皮をむしりとると、

「かずかずの商いに手を出してみたが、まだ八卦人相見だけはやったことがない」

「門兵衛どの」

倉重兵庫という松山藩の大坂留守居役は、職掌がら、商人のような如才ない身ぶりでひざをすすめ、門兵衛のひざをかるくたたいた。

「ほれほれ、シイタケと鶏卵の一件でござるよ」

門兵衛は、ゆっくりとうつむき、みかんのふさを一つずつ裂いて、白いすじをたんねんにむしりはじめた。

(シイタケと鶏卵の一件!)

むろん、この一件のことなら、いまさら兵庫にいわれるまでもなく、門兵衛は宿場の女から鈴をうけとったときに、すでに来るものがきたと観念していたことだった。もともと、百済ノ門兵衛が、高野少将則近に従って東海道を下ったのも、理由は、青不動の

ような単純なものではない。

道修町の小西屋総右衛門にたのまれたからではあった。それもあったが、当分大坂から姿を消しておくほうが、かれの商略上好都合なこともあった。その、シイタケと鶏卵の一件なのである。

「門兵衛どの、このとおりじゃ、武士が頭をさげて頼んでおる」

兵庫が頭をさげた。門兵衛は、たんねんにむきあげた一ふさを歯の間に入れて、

「ほれで、能勢屋平兵衛にわかってしもうたのかえ」

といった。

「そのとおり」

兵庫は汗をふき、

「日ごろ、能勢屋からめんどうをみてもらっている拙者の下役のだれかが、能勢屋へ忠義だてのつもりで密告したものらしい。藩としては、いま能勢屋の信用を失いとうない」

「能勢屋はどういうとる?」

「松山藩が、そのように盗賊のような没義道をするなら、大坂じゅうの問屋仲買をま

わって、じこん、松山藩とは商いをすまいという回状をまわす、といった。もしそうでもされたら、一藩の浮沈の危機じゃ」

「なるほど」

門兵衛は、口の中からミカンの袋を吐きだして、手のひらの上にのせた。大坂じゅうの問屋や仲買人から取り引き差しとめになれば、兵庫のいうとおり、松山藩は干あがらざるをえないだろう。それより、当面の問題として、大坂の蔵屋敷を宰領する留守居役倉重兵庫の切腹はまぬがれられぬところだ。

事のおこりというのは、五十石船数そうに松山藩の物産を積みこんで、いまからふた月まえに大坂の西国橋に回船されてきた松山船にからまっている。伊予の本国から藩の大坂蔵屋敷に荷がつけば、松山藩の大坂蔵元である能勢屋が荷受け問屋になるしくみであったが、累年つづけてきた藩財政の窮乏のために、藩では、兵庫に交渉させて、能勢屋から十万両の金を借り入れていた。能勢屋では、この二月にはいる五そうの松山船をいいかたにとって、気まえよく貸しはしたが、ところが西国橋についたのは、松山を出た五そうのうち、伊予がすりを積んだ三そうだけだったのである。

「かすり船だけやないか。まだシイタケ船が一そうと鶏卵船が一そうあるはずや」

能勢屋の番頭が荷受け現場で送り状をみて騒ぐと、蔵役人は、来島海峡のあらしで海没したという。

「しずんだ？」

おどろいた能勢屋平兵衛は、八方手をつくし船頭水夫などにききまわり、実否をたしかめてみたが、沈んだ二そうだけは船団とは半日おくれて松山を出航したというだけで海上で船影を見た者さえなかったために、雲をつかむような話になってしまった。

「しようがおまへん」

能勢屋平兵衛は、あやまりにきた倉重兵庫にむかって、

「まあ、あきんどの弱みでごわります。シイタケと鶏卵は泣き寝入りにさせてもらいましょう」

と至極淡泊にいいきったが、そのじつ内々に探索をつづけていた。ところが、それから数日たって、大坂の鶏卵相場が下落しはじめたのである。仲買人の仲間を調べてみると、伊予鶏卵が大量に出まわっているという。荷さばき人は百済ノ門兵衛という男で、堺で船荷のまま買いとっていることがわかった。シイタケも同様の手口で、大坂にはいらずに、堺の津で荷おろしして門兵衛名義で買いとった。

むろん、門兵衛と松山藩大坂蔵屋敷が腹をあわせてやった仕事だった。蔵屋敷にすれば、蔵元の能勢屋の手に渡せば借金のかたにとられてしまうだけの荷だが、横流しすればそれだけの現銀になる。それが、露見したのである。

「しかし、倉重はん」

門兵衛はミカンを食べ終わって、口をひらいた。

「あの一件は、わいが持ちかけた話でなく、おたくの藩が、わいに秘密の荷受け人になってくれと頼んだことや。れきとした店に頼めば、断わられるか、足がつきやすい。百済ノ門兵衛あたりならあと腐れがのうてええやろと思うたはずやったな。わいはそのため資金を作る算段で八方走りまわった。いまさら、この門兵衛になにもいうことはあるまい」

といった。兵庫は、両手をひざに置いたまま頭をさげて、

「重々わかっている。しかし、一藩の安危にかかわることなのだ」

「なるほど、世の中も」

門兵衛は、しらじらと笑って、

「変わったものやな。大坂の一あきんどがおこったぐらいで、伊予十五万石の安危にか

かわるのか」

「なる」

兵庫は、笑わなかった。

「両替屋を踏み倒したために、大坂で借財をする道を閉ざされてしまった大名もある。藩士の知行を半知（半額）にしようという声さえ出ているわが藩で、いま大坂をしくじるのはまずいうえにもまずい」

「ほなら、なんであのような没義道をしたのや」

「やむをえぬ。あのときは、藩主のお国帰りでぜひとも現銀がいった。――とにかく門兵衛どの、このとおりじゃ」

兵庫はもう一度頭をさげ、

「頼む」

「なにを？」

「いまから大坂へ同道してもらいたい。能勢屋で申しひらいていただく。荷受けのことは、船頭ににせの荷受け状を見せて、門兵衛ひとりの了見で堺で荷おろししたとな」

「あほくさ」

さすがの門兵衛もあきれて、

「それでは、この百済ノ門兵衛の首は、千日前の高い木の上にさらされてしまうわい」

「申しわけない」

「なにを言やがる。あんさん、正気か」

「きのどくじゃと思っている。しかし一藩の安危にはかえられぬ」

「おまはんの藩とわいとはなんのかかわりがある」

「聞いていただけぬか」

「念者（ねんしゃ）な（くどい）おかたやな」

「ならば、しいてとはいわぬ。この宿から、お首だけは大坂へ帰っていただくとしよう。能勢屋に首を見せ、口上だけは拙者が代わっていっておく」

「ふふ」

門兵衛は肩で笑い、

「それが、本音やろ。都合が悪うなったら人殺しをするのは大名のお家芸か。――おい」

いうなり門兵衛は立ちあがった。兵庫はいちはやくしきいの外へさがり、

「出ろ」

と、ふすまのむこうへ声をかけたまま、部屋から消えた。

4

左右のふすまがあいた。門兵衛は目だけを動かして左右を見、

「こりゃ、雇い者やないか」

あきれた声を出した。どちらも浪人者なのだ。

「蔵役人とはいえ、侍ならじまえでやれんもんかい」

悪態をつきながら、つま先をじりじりとにじって、廊下のほうへ出ようとした。

浪人のひとりは、正面にまわっている。さすがに雇われるだけあって、腕はできていた。

「生国はどこや」

門兵衛は、一歩ふみだした。刀はぬいてなかった。

「なんぼで、雇われた」

半歩、出た。

男は、上段にふりかぶった。跳躍すれば両断しうる間合いに門兵衛はいた。まずい、と思った。門兵衛は身をひねって欄間の下に立った。

前後どちらから襲うにしろ、上段から切りおろせば、きっさきが鴨居にあたる。門兵衛はほッとした。相手の手がかぎられてくるわけである。

「どうや、来んかい」

いいおわったとき、門兵衛はひやりとして首をすくめた。

気配がした。

頭上なのだ。

(天井?)

破れていた。板がおちて、ところどころ、黒い穴が吹きぬけている。

(ほい、天井から来るつもりかよ)

背すじを、冷たい汗が吹きながれた。矢でも射おろされれば、門兵衛も観念するほかはなかった。

門兵衛は、しきいの上をすばやくすべってあとじさった。と、そのとき、ひょいと天井のすきまから顔が出た。青不動だった。顔は、すぐ消えた。門兵衛のうしろの刺客が小柄をとばした。小柄は天井板にささりやがて小柄は柄の重みに堪えかねて、畳のうえに落ちた。

門兵衛は、わきざしをぬいた。室内の格闘には小太刀をさばくほうが有利だった。

「門兵衛どの、竜法師の里のご恩をお返し申そう」

青不動の声がふってきた。天井裏のはりに張りついているらしい。

「よけいなことをするな」

強がっているのではない。どちらかといえば退路をみつけて逃げたかった。一遍宗の信者であるこの男は、無益な殺生はしたくなかったのだ。

「さようか」

まのぬけた声がふってきた。声の位置が移っている。小柄を用心して、はりの上を間断なく移動しているのだろう。

「ご用心めされ。うしろの男は、門兵衛どのよりできそうでござるぞ」

「なにをいやがる」

かすかに、意識のどこかでそう答えて、門兵衛は笑ったつもりだった。しかしその笑いは、表情にまでさしのぼってこなかった。門兵衛のくちびるが、わずかにゆがんだ。門兵衛の意識はすでに地上にはなかった。

門兵衛は刀をぬくとき、いつもそんな意識の操作をしている。人間の勇気や度胸はたかが知れているのだ。相手の白刃をみたときの恐怖は、どんな剣客にもある。ついで自分が刀を抜く。鈨子(ほうし)がふたつ空間にうかぶとき、門兵衛の心理学では、恐怖はさらに倍加されるものだ。相手の鈨子だけではなく、自分の刀の鈨子までがこわくなるものなのである。

「門兵衛どのは、そういうときも念仏をとなえられるか」

あるとき、青不動はきいたことがある。一遍宗信者の門兵衛なら唱えそうなものだが、かれはかぶりを振った。

「死人に念仏が唱えられるか」

門兵衛は、すでに自分の五体が死人になった気でいるのだ。相手の刀位の変化に反射して、自分の剣が自然にうごく。切られれば、当方はすでに死人だからもともとだし、相手を倒して生きのこれば、そのぶんだけ得だという勘定が、門兵衛らしい決闘の算用だった。

「おりゃぁ！」

正面の相手が、上段のまま底ひびくような気合いをかけた。恫喝して門兵衛の動きを誘発しようとしたのだが、門兵衛は体をひらき、わきざしを片手中段にかまえたまま、うっそりと身動きもしなかった。

相手は、あせった。じりじりと間合いをつめ寄り、ついに跳躍した。おどりあがった位置で、刀を水平になぎ、門兵衛の横面を襲おうとしたとき、門兵衛の小太刀が、アユが腹をひるがえすようにわずかにきらめいた。こてが落ちた。相手は畳をつかんで、門兵衛の足もとに背をまるめた。

「うッ」

うめくと、門兵衛はのめった。背後の気配に応対するいとまがなかったのだ。逃げるが勝ちと思った。その鼻先へ、突如闇がきた。

青不動のしわざだった。天井からとびおりて、床の間のあんどんを吹き消したに相違ない。

「青不動」

「……」

答えがない。闇の中で戦うのは、青不動の特技なのである。返事をして位置を知られてしまうのを恐れているのだろう。

相手をとまどわせるためか、犬が畳を駆けるような足音がきこえ、やがてそれがとまった。鈍い物音がきこえた。

「青不動」

「なんでござろう」

鼻先の闇に、血のにおいが満ちはじめている。

「殺したのか」

「さあ」

「納所をさがして、手当をするように申しつけてこい」

門兵衛は、小粒をとりだして畳のうえにまいた。

「それは?」

「この者たちの薬代を置いておく」

門兵衛は、障子をけって、廊下へ倒した。しばらく耳をすましてみたが、なんの気配もない。

（蔵侍め、逃げおったか）

暗い廊下へ出た。目の前に、中庭がひろがっていた。目をこらした。星があるのか、庭の白い砂地がほのかに闇にうきあがってみえた。

「ほい」

足先に触れて、ころがったものがある。ひろいあげるとそまつな手槍だった。

（後詰めがいたのか）

おそらく何人かの蔵侍が、廊下で手槍をそろえて、待ちぶせていたのだろう。そのうちのひとりが、槍を置きすてて逃げたに相違ない。

「青不動」

呼ぶと、黒い影がすり寄ってきた。門兵衛は手槍をみせて、

「武士の世が終わるのも、遠うはあるまい。おまえも、さきざきの身のふりかたを思案しておいたほうがええぞ」

闇の中で門兵衛の白い歯が笑った。青不動は首をかしげ、

「つぎは公家の世でござるか」

「いや、東五条三位などの様子をみても、あれらが天下をとれそうな見込みはまずなさそうや。おそらく、あきんどの世やな」

門兵衛は庭へおりた。風が、潮の香を運んできた。風を胸いっぱいに吸い入れながら、

「どうやら、あしたはじゅうぶんに晴れそうやな」

とつぶやいた。あすは早暁から四日市の津を出て、宮の宿まで便船で渡るつもりだった。

七里飛脚

1

女はこわい。たかをくってゆだんしていると、男の意表をつくようなりこう者になることがある。少将則近は首をかしげ、

（おかしな娘だな。……）

お悠のことを考えていた。

少将は、帆柱の根に腰をおろして、風に吹かれていた。未明に四日市の港を出た船は、海上十里東の宮の津へ帆走している。

潮風が、色づきはじめた。波間はまだ暗かったが、ふりかえってへさきのほうを見たとき、東のほうの知多の山々から、いま日がのぼろうとしていた。

「風の運が、よろしゅうござるな」

そばにうずくまっている名張の青不動が話しかけた。門兵衛はいない。さきほど胴巻

きから小銭を出してふとんを借りていたようだから、胴の間におりて伏せているのだろう。

「このぶんでは、日の高いうちに宮の宿に着けましょう」

青不動は、機嫌をとるようにいった。少将は返事をせずに小指のつめをかんだ。お悠のことを考えていた。

お悠は、この船にはいない。

「妙な女だった」

いままで、何度も思ったことを、少将はつぶやきながら思った。

「へい、ともへまいる」

青不動は、一礼して立ち去った。敏感な男だから少将がいまどう考えているかがわかっているのだろう。

――四日市の旅籠帯屋七郎右衛門方をたつとき、お悠だけは、あんどんをひざもとに引きつけたまま、部屋から出ようとしなかった。おどろいて、百済ノ門兵衛がたずねると、お悠はあんどんのほあかりを見つめて、

「おひるにたちます」

冷たい声でいった。

「悠長なことをいえ」

門兵衛があきれて、

「船が出てしまうぞ」

「お船は、おひるに出ます」

お悠は、妙なことをいう。

「おひる？　いったい、どのお船のつもりや」

「大坂いきのお船」

横をむいて、いった。門兵衛はお悠の顔をのぞきこんだなり、口をつぐんだ。これ以上なにか問えば、泣きだしてしまいそうな表情をしていた。

「おい」

門兵衛は青不動のそでをひき、廊下へ連れ出してから、なにかいらぬことをしゃべったのか、とけしきばんでたずねた。

「存ぜぬ」

青不動はあわてた。

「いや、わかっている。おまえのしわざにきまった。お悠を禁裡はんから引きはなすために、つまらぬサル知恵をはたらかせおったな」

もともとお悠に関するかぎり門兵衛と青不動の利害が一致しないのである。青不動は皮肉に笑い、

「お悠どのを引きはなすと、門兵衛どのの商法にさしつかえるわけじゃな」

というと、門兵衛は、

「おい、軒猿よ」

短くすごみ、青不動の胸ぐらをつかもうとした。

「門兵衛どの、むちゃをなさるな」

ひょいと身をひき、

「あれを、御所様に申しあげたまでじゃ」

といった。

「あれを？」

「いかにもよ。――御所様に申しあげているときに、お悠どのはそばで聞き耳をたてていなされたわい」

あれとは、青不動が同宿の道中飛脚から聞きこんだうわさである。飛脚の話では四日市とは伊勢の海をへだてて対岸の宮の宿で、宿場役人が人数をつれて船着き場まで出張り、船から降りてくる旅客を、ひそかに遠見でしらべているという。

「なんでも、うわさでは」

江戸者らしい飛脚がいった。

「町家のむすめを連れた浪人体の者がめあてだという。わしの見るところでは、駆け落ち者か」

「しかし、駆け落ち者ぐらいで、宿場役人が出張るまいぞ」

青不動が、くびをかしげて巧みに話を誘導すると、飛脚も自信がなくなったのだろう。

「すると、かどわかしか」

いったしりから、自分のことばをうち消して、

「いや、まさか町家の女をかどわかしたぐらいで、宿場役人がうごくめえな。ひょっとすると、こいつぁ……」

いったきりで、あたりを見まわし、あとのことばをあやうくのみこんで、

（——謀叛人かもしれねえ）

と、顔色では、たしかにそういいたそうだった。

青不動は、そのことを少将に伝えた。ちょうど部屋にお悠が遊びにきていたから、少将はそのほうに気を配ったのか、声を微笑にまぎらして、

「大事あるまい」

といった。青不動はくびを振り、

「それは、いこう、ご油断じゃ。すでに御所様が公家密偵使のお役目で東下されつつあるということぐらいは、京都所司代の手を経て、公儀に知らせはとどいているはずでござる。公儀道中奉行が、街道の宿々に手をうたぬはずはござるまい」

「そうかな?」

少将はちょっと思案顔になってから、すぐ表情をもどし、

「それならば、なぜ京都所司代の雅客が、しつこくわたしを付けまわす。おそらく所司代は幕閣へは報告していまい。考えてもみろ、公家ひとりが無断で京を逃げだしたことがわかれば、禁裡監視人である所司代の失態はまぬがれないところだ。だから、江戸へ着かぬうちに、おそらく京都としては、公儀にはあんあんのうちに雅客にわたしを切ら

せてしまおうという腹なのだろう。だから、江戸の道中奉行の手が動いているとはおもえない」

「ははあ」

青不動は半ば得心したが、半ば不安らしく、

「しかし、所司代から、公家としてではなく、なんぞ重科のある駆け落ち人として御人体を検分するよう依頼が出ているかもしれませぬわい」

「なるほど、それならいきなことだ。わたしはお悠を大坂の小西屋からかどわかしたようなものだから、駆け落ち人でないとはいえない。公家密偵使などというやぼな名で縛られるより、駆け落ち人として捕えられたほうが、よほどふぜいがよさそうだな」

「しかし、お悠どのが……」

「これ、声が高い」

少将は、部屋のすみのお悠のほうをみて、真顔で、青不動をしかりつけた。

お悠は、針をうごかしている。さきほど、少将のたもとのほころびをみつけて、むりにぬがせたものだ。

（まさか）

　この小声では聞こえてはいまい、とおもって青不動はお悠のほうをみた。青不動の位置からは、お悠が顔を伏せているためにその表情の動きまでは見取れなかった。

「そうか」

　門兵衛は、廊下に突っ立ったまま、腕組みをした。

（これは、とり急いで、ひと手、くふうせねばなるまい）

　百済ノ門兵衛は、考えこんだ。思案というのは、正直なところ、少将の身の危機や青不動の不安などについてではなく、お悠にここまできて逃げられては、門兵衛はちょっとこまるのだ。むろん、お悠にすれば逃げるのではなく、少将を危険から守るために身をひこうというのである。お悠は、だまって、大坂へ帰る、といった。それはわかっている。しかし、

（こまるわい）

　とも思うのである。

（あの娘はわいのだいじな商売道具や）

　門兵衛は、以前、当のお悠にも打ちあけたとおり、ぜがひでもこの娘をオトリにして高野ノ少将則近を、もう一度大坂道修町の薬種問屋小西屋総右衛門の養子に連れもどし

てしまいたいのだ。そのだいじな門兵衛の商売道具が、ここで妙な感傷を出してくれては、門兵衛のそろばんに合わない。

「あのなあや。……お悠はん」

門兵衛はもう一度部屋にもどって、お悠の肩に手をおいたとき、門兵衛はがらにもなくいくぶんねこなで声を出していた。お悠になにかいいくるめるつもりだったのだろう。

しかし、お悠は旅籠に残った。彼女が、供の幸吉とともに、おりから四日市港に停泊していた大坂の回船問屋近江屋平兵衛店の船に便乗したのは、彼女が少将一行と旅籠帯屋でわかれた日の午後であった。

2

(まあ。いい)

少将は、帆柱の陰から腰をあげて、

(さいわい、近江屋という回船問屋は、お悠の小西屋とは古い取り引き先だそうだ。べ

つに、旅の先途を案じることもなかろう）

朝の日は、知多の山なみからすでに離れきっていた。光が空に満ちはじめるにつれて、海の色が何度もかわった。

青不動は、少将が胴の間へ降りようとしているのをみて、ともからからだを離した。少将のあとを追いながら、

（門兵衛どのにはわるいが――）

青不動も、そのことを考えていた。

（お悠どのが大坂へ帰ってくれて、こっちは、ほっとひと安堵したわい）

青不動はべつに策略をもちいてこんな結果をまねいたのではなかったが、かれにとって飛脚がもちこんだうわさは奇貨であることにちがいなかった。

（宮につけば、な）

青不動は、ひとりうなずいた。宮につけば、京の尊融法親王のもとに残しておいたかれの下忍のひとりの正兵衛という者が、船着き場まで迎えにきているはずだった。

その正兵衛が、高野少将を熱田ノ宮の禰宜の屋敷へつれていく。禰宜屋敷には、少将と京の小松谷の里御所で一夜をすごした内親王冬子が待ちくたびれているはずだったの

である。

(うふ。これはお悠どのなどとはちごうて、われらがだいじのおかたじゃ)

青不動は、もともとは粟田の青蓮院ノ宮尊融法親王の従者なのである。冬子と少将のあいだを取りもったのは法親王だったから、青不動はお悠などより冬子に肩入れするのは当然なことだった。その冬子が、少将が京をたってから、ほどなく小松谷の里御所から姿を消した。それが、法親王の従者青不動のさしがねだったことはいうまでもない。

船が、宮についた。

「おい!」

門兵衛が青不動の右手首をつかんだ。ばか力のある男だから、しびれるようにいたかった。

「たばかったな」

宿役人らしい男は、だれもいないのだ。

「いや、たばかりはせぬ」

少将は、ふたりからはなれてさっさと歩いていく。

「飛脚のうわさだけのものゆえ、宿役人が出張っていぬとあれば、よろこびこそすれ、おこることはござるまい」

「その飛脚というのを、おまえだけしか見ておらぬ。おそらく作りごとやろ」

「いや」

青不動は、のびあがって顔をしかめた。門兵衛は手首の骨を握りくだくように締めあげているのである。

「こらえてくだされ」

「痛いか」

「痛うござる」

「軒猿の舌はいくつある」

「一枚でござるわ」

「出してみい」

「なにをなさるのか」

「引きむしってくれようかい」

「かんべんしなされ」

青不動には、身におぼえのないことだから門兵衛の腹だちは迷惑しごくだった。

そのとき、うしろのほうから人が駆けてくる気配がした。

門兵衛と青不動は、街道のまん中でねじあっている。

「のいた、のいた」

そんな声がきこえたようにも思った。

「のいた、のいた」

近くで聞こえたときは、もうおそかった。うしろから勢いよく駆けつけてきた男が、ふたりの間へわざとらしくどんとわけいって、突きとばそうとした。

「あっ」

さけんだのは、青不動ではない。門兵衛でもなかった。ふたりを突きとばしたはずの男が、青不動に身を沈められて、みごとに街道へ投げだされていた。

「なんや、これは」

門兵衛は、道のうえに足をあげてあおむけざまにころがった男をみて、おどろいた。

「こいつ、お七里やないか」

なるほど、異様な服装だ。ねずみもめんの地へ竜虎松竹を加賀染めにしてはんてんを着、はんてんには黒びろうどの半えりをかけて、半えりにまで金銀の色糸で模様を縫いとるという念の入った異装で、腰に一刀、さらに刀のわきには朱房の十手を差している。

（こまったな）

門兵衛は、正直なところ、これはことがうるさくなるぞとおもった。かれにいわせると、この国に住んでいるかぎり、こういう男にはだれもかないっこないのだ。

お七里というのは、正しくはお七里役人というもので、ありようは飛脚だが、町飛脚ではない。

もとのおこりは、結城中納言秀康の三男直政が、寛永十五年に出雲松江十八万石に封ぜられて国入りをするときに、幕府に申し出て設けた特別通信機関で、そののち、尾張、紀伊の両家も、これにならった。要するに、尾紀、出雲松江という徳川将軍家の御家門大名が、直接に将軍の機嫌を奉伺するために出している飛脚なのである。

宮からくだって、御油、大浜、新井、見附、金谷、丸子、由比、沼津、箱根、小田原、小和田、神奈川の東海道十三個所に七里ごとの飛脚役所をもうけ、それぞれ二、三人の飛脚を分駐させている。七里役所は、いわば小屋のようなものだが、それでも葵紋の高張りちょうちんを立てかけ、飛脚のかつぐ状箱は大名の紋がはいっているというので、まるで大名そのものの権威が街道を押し通るといったほどの威勢があった。
飛脚は、だから庶人ではなく、もともとは領内の百姓から健脚の者をえらんでいると
はいえ、身分は足軽なのだ。
「おい、こいつを投げたのか」
「さあ」
青不動は不得要領な顔だ。ひょっとするとむこうのからだが当たってきたはずみに、
反射的にからだが動いて、背越しに地面へたたきつけたのかもしれないが、どうも、実
感では、そうではない。むこうからかってにころんだようにも思えるのである。
「そうやろ」
門兵衛はうなずき、まだ起きあがらずに両足をあげてわめいている七里役人を、まゆ
をしかめて見おろした。
「こいつらも、あの東五条卿みたいな公家衆と同様、ころびが商売なんや」
男の手もとに、尾州家の葵紋がついた状箱がころがっていた。むろん拾いもしないの
は、それをゆすりのたねにするつもりなのだろう。
この街道では、尾紀両家の七里役人は、通過にさまたげがあれば三人までは斬りすて

ごめんだといいふらしていたし、武士でさえささいなことで文句をつけて、声高に仲間をあつめてゆすりたかりをする。むりもなかった。一人半扶持の玄米と二百匁の銀が支給されるだけの薄給では、酒女を買えぬどころか、妻子もやしなえない。もっぱら、街道を走っては、ころび、つきあたりの役得で余収をはかるしかしかたがなかった。藩自体が、なかば公然とみとめている脅喝なのである。

門兵衛もやむをえず、

「なあ、青不動、ここはわいひとりで残ろう。おまえのどろぼうづらでは、出るところへ出れば損をする」

「さようか」

青不動はきのどくだとおもったが、じつをいえば、ちらほらと集まってきているやじうまのなかで、平兵衛が三度笠をかたむけた小商人ふうの旅姿が目にとまったのである。

「それでは、かってながら」

「ああ」

「しかし、どこで落ちあい申そう」

「旅籠ではまずい」

そのとおりだ、ここにころんでいる七里役人をどうさばくかはべつとして、この宿場の旅籠に宿をとるのは、なにかにつけてあとがうるさそうに思えた。

青不動は、いよいよ話がつぼにはまってきたと目をかがやかして、

「それでは、一案がござる。この先の熱田の社の社家に知人がござってな」

「ほう、おまえが？」

熱田の社家といえば、国守や諸大夫格の官位をもつ家が多く、青不動ごときが縁を結んでいる道理がない。

「松村山城守どのと申す。そのお屋敷の中間部屋で待ちあわせることにいたそう」

「なるほど、おまえの知人は、山城守とやらの中間か。それならふに落ちる」

「門兵衛どの」

「なんや」

「早う声をかけてやりなされ」

青不動は、さすがに見かねたのだ。七里役人は、門兵衛が声をかけてやらねば、ころんだ証拠をくずさぬために、そのままの姿勢で足をあげていなければならなかったので

ある。

「そうか」

門兵衛が一歩ふみだしたときは、青不動はおりからの人だかりにまぎれて、姿を消してしまった。

七里役人は、あいかわらず、わけのわからぬことをいって、わめいている。

「待て待て」

門兵衛はなだめながら数歩あゆみよったが、やがてゆっくり足をとめて、うしろの人がきのほうへからだをむけ、

「これはお人たち」

と、よびかけた。声をかけられて、人がきはおびえてあとじさりした。百姓も商人もいる。かかわりあいになるまいと思ったのだろう。

「お薬のお持ちあわせはないか」

人がきは、おしのようにだまっていた。こういうときに口をだすとろくなことはない、とながい経験の知恵で知っているのだ。

「だれもおまへんか」

門兵衛がいうと、こんどは人がきの顔が、ややほぐれた。この二本刀をさして儒者まげを結った太り気味の武士が、急に、まるであきんどのような大坂弁でしゃべったおかしみのせいだろう。

「わしに持ちあわせがある」

人がきにうずもれていた小がらな老人がいって、供の者にそれを差し出すように命じた。隠居ふうの老人で、いかにも藩の江戸屋敷にいる孫の顔でも見にいくだけが目的のような、気楽旅の様子だった。

中間が、はまぐりに入れた薬をさしだすと、門兵衛は手をふって、

「せっかくやが、これは金創薬だすね。これではあかん。てんかんの薬や」

「てんかん?」

見物人たちは、それぞれ顔を見あわせた。互いの顔をみてから、あおむけざまにころがっている男の様子を見なおした。

「なんじゃ、てんかんけえ」

だれかがいった。

どっと笑った。倒れている男を嘲笑したのではなく、自分たちがいままでかたずをの

んでみていた緊張がおかしかったのであろう。

「どなたか、お持ちあわせはないか。——ここに」

門兵衛は腰にくくりつけている金袋をとりだして、

「いかような高価な薬でもええ。薬屋で売っている百倍の値で買うてとらせよう。どうやな」

門兵衛は、袋に手を入れて小判をつかみ出し、手のひらのうえに載せて、人がきをずらりと見まわした。

小判の色をみて、人がきがざわめいた。金がほしくて動揺したというより、門兵衛に対する認識が一変したためとみたほうがいい。だれもが、吸い寄せられるように、門兵衛の顔をみた。左手のひらをさんぜんと光らせ、両足をゆったりとひらいて立っている門兵衛の姿が、なんとなく権威あるもののようにみえた。

当初は、尾州家の権威をかりてそこにころがっている七里役人の権威の勝利とみていたのだが、ここにまた違った権威が出現したのにおどろいたのだ。門兵衛は、にこにこと笑い、右手の金袋をゆっくりとふった。小判の音がした。すべての耳がそれを聞き、この権威の奥のふかさを目と耳で推しはかった。

「ば、ば、ば」

倒れている男が、なにかいった。

「待て待て」

門兵衛はうなずき、男のそばに歩を運んでいくと、刀のこじりをあげて、しゃがみこんだ。

門兵衛は、やにわに男のみぞおちのそばの骨の上に小判を一枚載せ、左手のこぶしで骨のたわむほどにおさえたのち、男の右手首をつかんで、さきほど青不動を締めあげたように力まかせに締めあげた。

「あいたたた……」

「そうか、痛いやろ」

人がきからみると、門兵衛がしゃがみこんで介抱しているとしかみえない。

男は、身をもがいた。しかし、もがこうにも門兵衛のこぶしがみぞおちの急所を圧迫していてじゅうぶんにもがけない。

「こ、こいつ」

男は、歯をむいた。こめかみから、あぶら汗がながれていた。

門兵衛は、男の耳をなめるような近さまで顔を寄せて、そっとささやいた。

「おい、もがくまい」

「は、はなせ」

「おまえ、金がほしいねやな。ようわかっているのや」

「ば、ばか、おれは尾州家の……」

「お七里やろ。けっこうな商売や。さわがずとも、存分に利はとらしてやる」

「い、いたい。放せ」

「このみぞおち、痛いか」

「痛い」

「しかし痛いばかりやないやろ。つめたいやろ」

「?……」

「小判一両が、おまえのみぞおちにめりこんでいる。これをやるさかい騒ぐな」

門兵衛は、手をゆるめた。

男は、急におとなしくなった。

「そこな、ご仁」

さきほどの隠居武士が、門兵衛をよんでいるらしい。

門兵衛がふりむくと、老武士は人がきの中からしわばんだ手を差しだしてきて、

「てんかん薬はないが、気つけ薬なら所持してござる。ご入用はないかな?」

門兵衛は、老人の商い熱心なのにおどろきながら、こころもち頭をさげ、

「いや、どうやら、おさまったようでござるゆえ、おかまいなく」

「そうかな、まことに平癒いたしたのかな?」

老人は、惜しそうに、しかし七里役人だけはこわいのか、おずおずと近よってきたから、門兵衛はあわてて男の耳もとに口を近づけ、

「おい、お状箱をひろえ」

男は大いそぎで起きあがると、砂まみれになってほうり出されている状箱へとびついた。

門兵衛は、ゆっくりと立ちあがって、

「走れ」

と命じた。

男は、ようやく夕闇のせまってきた街道を東へ走りはじめた。七里飛脚のなかには、

一昼夜に三十五、六里も走りとおす者もいるという。あの男ならじゅうぶんそのくらいは走れそうだ、と門兵衛は半ばたのもしく、半ばおかしそうに見送った。

少将逃亡

1

夕焼けの天を背にして、ふるびた長屋門がくろぐろとたっている。少将則近と青不動が待っているはずの熱田の禰宜松村山城守の屋敷なのである。百済ノ門兵衛は、

（——これが？）

と思った。

（禰宜屋敷か。この造作なら、ざっと二百石取りの武家ほどの収入はある）

他人のふところを値踏みするのは、門兵衛の、いわば娯楽なのである。

（青不動は、たしか中間部屋で待つというておったが）

門兵衛は、こぶしをあげた。手が痛くなるほどたたいてみたが、門の中から応答はなかった。長屋門があるくせに、門番がいないというのは、

（こら、存外、鈍やな）

と門兵衛は値踏んでみた。うちうちは、貧窮しているのだろうとにらんだのである。値踏みをするときの門兵衛の顔は盗賊に似ていた。南蛮では盗賊と商人の紋章はおなじだという。門兵衛は商い侍だから、相手の内ぶところを値踏みするときは同じ顔つきになるのだろう。

くぐり戸を押してみた。

スイ、とぞうさもなくあいた。戸のすきまへ身を差し入れながら、門兵衛の評価は一段と落ちた。

（文なし屋敷やな。さもなくば、こんなのほうずな戸締まりをしておくはずがない）

あたりを見まわした。

玄関があった。

屋根がくずれていた。門兵衛の足もとに、草がからんだ。足をあげて草を払い、ついでに小石をけると、石は落ち葉の吹きたまっている式台の上に落ち、落ちた音が奥のほうへ反響して、

（なんじゃ）

とあほうらしくなった。値踏んでいる自分がばかばかしくなったのである。

（あき屋敷やったのかい）

2

「ほい」

門兵衛は、ふりかえった。どこかで自分の名を呼んだような気がした。左右を見、のびあがって前を透かしてみたが、だれもいなかった。

あたりが暗くなった。日が落ちたせいだろう。物陰がにわかに濃くなりはじめた邸内を見すかしていると、こんどははっきりと、

「百済ノ門兵衛どの」

と呼ぶ声がした。

門兵衛は声の方向をみた。玄関の東がわにタチバナの老樹があり、その根もとに闇がたまっていて、闇のなかに、草が幹をおおうていた。顔は、その草のうえに突き出ていた。

門兵衛は、数歩あるいてから、足をとめた。草のうえに出ている顔は、見たこともな

い顔だったのだ。

　顔には、鼻がなかった。

（妙な顔やな）

　なるほど、よくみれば、顔のなかにわずかな隆起があるようだったが、ないにひとしいほどひくい鼻だった。目と目が顔のはしばしに散っていて、口が横に大きく、門兵衛は、ふと、生家の庭にはえていたナツメの木を思いだした。その木の根もとに、春になれば必ずヒキガエルがいっぴき出たのを思いだしたのである。

（あのふくがえるに似ている。）

驚嘆する思いで、それを見た。

　ふくがえるは微笑した。微笑しただけではなく、おそろしくいんぎんに腰をかがめ、

「門兵衛様でござりまするな。このほうは、名張ノ青不動の配下にて、平兵衛と申す者でござりまする。……お見お知りおきくだされまするように」

　女のような細い声だった。平兵衛は、微笑をつづけながら、草むらから出てきた。五尺にみたぬからだに、胴だけは一人まえに長く、足がみじかかった。門兵衛の前まで来ると、深く腰を折り、

「……お願いいたしまする」

「なにを」

「さきほど申しましたるとおり、お見お知りおきくだされまするよう」

「ああ、いまの話のつづきやったのか」

よほどまのびのした、念者な男のように見うけられた。毛がうすいのか、光ったさかやきの後ろに小さな町人まげをのせ、みじかい両足をきゃはんでつつんでいる。

「禁裡はんは？」

「四位の少将さまでござりまするか」

念を入れて、ゆっくりとうなずき、

「先刻ご到着のうえ、あちらの茶亭においてご休息なされておりまする」

「青不動は？」

「いずれ、帰ってまいりますでござりましょう。まず、こちらへ」

平兵衛が案内する方向は、どうやら少将則近がいるという茶亭のほうではなさそうだったが、門兵衛はだまって付き従った。

「では、これへ」

「やっぱり、中間部屋かえ」

門のわきの中間部屋へしょうじ入れられたが、打ち荒れた外観とはちがい、中は畳こそ古かったが、じゅうぶんにかたづけられていた。

「平兵衛はんとやら」

「へい」

「ここは、おまはんの住まいか」

「へい。名古屋にまいりましたるおりは、ときどき、荷をしまうのにつかいまする」

「ほう、荷とは？――おまはんは何商売や」

「盗賊でござりまする」

男は、さりげなく、しかもいんぎんに答えて、おどろく門兵衛の顔つきには気づかぬ体で、

「いささか暗うござりまするが、わたくしどもの稼業には灯は禁物でござりまするゆえ、ごしんぼうねがいまする」

外にはまだ残照はのこっていたが、部屋のなかで対座していると、かろうじて相手の輪郭がうごくのが見えるだけで、声を頼るしかしかたがなかった。

「ここはあき屋敷かい」

「いえ。やはり、熱田の社家松村山城守どののお屋敷でございまする。山城守どのは、いま一軒、町家に小さな家をお持ちで、ご家内、お子たちともどもそちらにお住まいでござりましてな。ここは、長年あけたままでござりまする。やはり、たかだか二十石の知行とわずかな社頭の収入の分けまえだけでは、これほどの屋敷を持ちつづけるのは、なみたいていではござりますまい」

平兵衛は、まるでしんせきのうわさでもするようにいった。門兵衛もついつりこまれて、

「山城守とは古いつきあいか」

「いえいえ」

平兵衛は闇の中でかぶりをふり、

「それはもう、当屋敷にすみつくねずみ、いたちどもと同様、あるじには断わりなしでござりまするゆえ、つきあいはござりませぬ」

推察するところ、平兵衛は、名古屋にきて盗賊をはたらくときに、盗品をかくしておくためにここをつかっているようであった。

「すると、青不動めも、じつはどろぼうじゃな」

「めっそうもございませぬ」

　手を振って、

「あのかたさまは、京大坂はおろか、五畿内の盗賊の神様でございまする。わたくしなども長崎にうまれ、土地で盗みを働いておりまするうち、京大坂には青不動という夜盗の術の名人がおわすことを伝えきき、そのおでしに加えていただいたような次第でござりまする。しかし青不動さまは夜盗の師匠であっても、おみずからは盗みをなされたことはござりませぬ」

「なるほど、伊賀流忍術といえばきこえはええが、むかしは、伊賀の偸盗術というた。つまり泥棒術や。なるほど、青不動はおまえたちどろぼうの親分というわけやな」

「けっしてさようなことは」

　平兵衛はけしきばんで、

「親分などではござりませぬ。あくまで和尚（師匠の上方語）でござりまする。それゆえ、もし和尚に火急のことがあれば、京大坂の盗賊はまず五十人は駆けあつまってまいりましょう。そのなかには、べつに親方をもつ者もおりまするが、みな青不動さまの命のほうをとうとしとなしております」

「なるほど、それで読めた。青不動は、まるで指一本で、おおぜいの人数をかりあつめたり、一夜でそれを散じたりしているのが、いかにもふしぎに思うていたが、なるほど、あいつは上方泥棒の大親玉であったのかい」

「和尚でござります る」

「どッちゃでも同じや」

門兵衛は、不快そうに吐きすてた。

3

そのころ、少将則近はおなじ屋敷うちの茶亭のなかで、佩刀を抱いたまま、所在なげにすわっていた。

むろん、この部屋にも灯はない。

そのあたりを手で触れても、少将を迎えるために平兵衛がにわかそうじをしたらしく、この荒れ屋敷にしては、小ぎれいにかたづいていた。

近くの森で、フクロウの声がきこえた。

「どうやら、無人のようだな」

とつぶやき、からだを横に倒してひじまくらをついた。

(今夜は、盗賊のねぐらに泊まることになるのか)

少将は、青不動という男が、上方の盗賊のあいだでは指南役のような位置にあることを、かねて尊融法親王からきいて知っているのである。

ふすまのそとで、人のうずくまる気配がした。

「たれか」

「青不動でござりまする」

ひざを入れて、平伏した。いつもとは、様子がちがっている。少将はからだをおこしながら、

「いったい、なにをたくらんでいる」

といった。わざわざこんな荒れ屋敷に連れてくるのには、この男なりに、なにかたくらみがあるのだろうと思ったのだ。

「おそれながら、一生のお願いがござりまする」

「こまったね」

則近は、警戒しながら、

「禄をくれとか、官位をくれとかいうのはわたしにはできないぜ。こづかいがほしいなら、門兵衛にいうがいい。あの男の腰には、小判が皮袋に詰まってぶらさがっている。ところで、門兵衛はどこにいる」

「中間部屋でござりまする」

「かわいそうに。あれはわたしの金主だ」

「門兵衛どのがおそばにいては、申しあげにくいことでござりまする」

「おい。いいかげんに、顔をあげてくれ」

少将は、青不動が、畳をなめながら、ものをいっているのを見かねていった。

「は」

顔をあげたが、すぐ視線をそらし、

「おそれながら、御所様はいつまでもおひとり身で、おすごしなされるおつもりでござりまするか」

「だしぬけに、どうしたのだ。おまえが仲人を買って出ようというのか」

4

半刻ばかりたった。

百済ノ門兵衛は、まっくらな中間部屋で平兵衛という鼻の低い長崎うまれの盗賊と顔をつきあわせているうちに、ようやくこれはおかしい、と気づきはじめた。

いつまで待っても、少将もやって来ないし、だいいち、青不動も顔をみせないのである。もともと門兵衛は、少将則近をめぐって、宮廷の軒猿である青不動とは必ずしも利害が一致していなかったから、

(なにか、わけがある)

と、平兵衛をにらむ目がぎょろりと光った。

青不動にたぶらかされているような予感がしたのだ。

「おい」

いわれて、平兵衛はおびえた。

「手を出してみい」

「へい」

平兵衛は、正直な男らしい。おずおずと右腕を出すと、門兵衛は、やにわにねじあげて、ひざの下に組み敷いた。

「どこにいる、青不動は」

「い、痛うございまする」

盗賊はネズミのような悲鳴をあげ、

「存じませぬ。かんにんしてくだされ」

「折るぞ」

「門兵衛さま、お慈悲じゃ」

「いえ」

「存じませぬ」

らちがあかなかったから、門兵衛は平兵衛をつきはなして土間にとびおり、戸をあけて外へ出た。暗かった。闇のなかを踏んで玄関にはいり、両手で壁をさぐりつつ、屋内へはいった。廊下のところどころが朽ちおちていた。

「青不動」

門兵衛は、用心ぶかく奥へ進みながら、よんだ。

その声が、茶亭にいる青不動の耳にまできこえてきたとき、青不動は、はっと顔をあげて、少将にいった。

「ちょっと失礼つかまつる」

「門兵衛が邪魔なのか」

少将は、青不動のあわてざまがおかしくなって、声をたてて笑った。青不動は不快な顔をした。笑顔もみせずに立ちあがると、門兵衛の足音のする廊下の闇のほうに消えた。

少将則近は、青不動が出ていくと同時に佩刀をつえに立ちあがり、にじりから抜け出て、庭へおりた。――ほんの、つい先刻のことだった。茶亭ですわっているとき、

（たしかに）

少将は思った。人が軒端に忍びよっている気配がしたのである。

草が、ひざまでのびていた。庭といっても、人の手のはいらぬままに、樹木の枝がのびほうだいに茂って、闇のなかの空間にすきまもなく交差していた。少将の顔に、松の小枝がささった。そっと物音をたてぬように顔をそむけ、わずかに足を進ませた。

池があった。

星を、水が映していた。

(におう。……)

露をふくんだ木の芽だろうか。少将は、足もとをさぐって、池のふちに立った。池のなかの星をみた。わずかに、水は流れているらしい。小さな光は、たえず動いて消えた。

風が動いている。においは、池のなかから、かすかにかおってくるようであった。

(ああ)

少将則近は、声をあげなかった。池のなかへ、目だけをこらした。石があった。少将の位置より、わずか半歩むこうの池のなかにうかんでいる石の上に、人の影が、うごかずにうずくまっていた。

少将は、だまって、足もとの小石を池の中へおとした。水が、小さな音をたてた。影が、小さくおどろいてうごいた。動くと、影が白々とした色を、闇のなかで占めた。

「平兵衛ですね」

「いや、ちがう」

少将は、いった。声にひかれるように、影は立ちあがった。

「平兵衛ではないのですか」

影の声の語尾がふるえたのは、すでに池のふちにいる者が何者であるかがわかったために相違なかった。ことばがおわると、影の足もとが、うごいた。

「あぶない」

少将はその石に左足を踏みかけると、影をだいて、池のふちにおろした。

「やはり、あなたでしたか」

「……」

影はうなずき、そっと少将の腕から身をはなした。そのまま池のふちにかがみこんで、たもとを重ねたひざのうえに顔を伏せた。肩さきがふるえた。ひくくすすりなく声がもれた。内親王冬子だったのである。

内親王とはいえ、冬子はさきの仁孝帝の御遺子で、賀茂の社家の出であったご生母がなくなってからは、小松谷の里御所にひとり住んで、境涯は孤児に近かった。年は、二十をすでに過ぎている。それまでに摂関清華家格の公家の家から縁談がなかったわけでもないが、冬子は、そのつど、小松谷の里御所の朽ちたしとみにしがみつくような必死な表情をみせて、顔を横にふった。

べつに、とりたてた理由もなかった。ほとんど、御所に出ることもなく、うまれてこのかた、小松谷の里御所でわずかな侍女を相手に暮らしてきた冬子は、ただひたすらに男というものがおそろしかったのに相違ない。

「なぜ、そのようにいつまでもわび住もうている。だれぞ、好きな公達でもあるのか」

義兄にあたる栗田ノ宮尊融法親王が、あわれんで聞きただしたことがあった。

「麿がきもいりをしてもよい」

法親王の巧妙な問いかけに誘導されて、冬子は、つい則近の名をいった。則近が好きだったというのではなく、答えに窮したあまり、たった一度かいまみたことのある異性の名をもらしたのだった。

「好きなのか」

「きらいではございませぬ」

「それでよい。則近にはきのどくかもしれぬが、ひょっとすると、宮の気うつ散じにはよい薬になるかもしれぬ」

そのあと、尊融法親王が、青不動に幻戯をつかわせて少将則近を小松谷の里御所に導き、則近の意思をうばって、内親王と一夜をともにさせたことは、すでにのべた。

（青不動のやつ――）

少将則近はすべてがわかった。青不動はこの道中でこそ少将に扈従しているが、本来は尊融法親王の従者なのである。平兵衛という配下に命じて冬子を京から連れだして則近のあとを追わせてきたのは、むろん法親王からいいふくめられた筋書きどおりなのであろう。

当然、門兵衛が邪魔になる。百済ノ門兵衛は、大坂の商人小西屋総右衛門の指示で少将につき従っている。ゆくゆくはお悠と添わせて小西屋の養子にし、人参薬「仙女円」の宣伝に使おうというつごうのいい筋を考えている男だから、少将が内親王の色香にまよって将来京の宮廷にもどってしまうのは大いにこまるのだ。だから、青不動は、冬子と少将の逢瀬の場所をわざわざこういう荒れ屋敷にえらび、門兵衛を中間部屋に隔離させたに相違ないのである。

（こまったやつらだ）

少将は、地につばを吐きつけたいような思いで、青不動と門兵衛の魂胆を考えた。

いったい、この連中にかつがれている自分は何者なのだろう。ゆくすえ、いったいおれをどうしようというのだ、といまさらのように腹がたってきた。

（これは、逃げるにかぎる）

少将は、そうだ、と思った。

冬子を見た。

（このかたのおためでもある）

当然なことだ。冬子は、青不動の法親王に対する忠義だての道具にすぎないではないか。

（まったく、公家や宮というのは、まるで下人たちにかつがれて利用されるために生まれてきたようなものだ）

則近は、冬子のからだに手をおいた。手の下の肩がふるえているのがわかった。

「宮」

と呼んでから、どういう声を出そうかと思ったが、やはり、できるだけ冷たい声のほうがいいだろうと考えて、

「京へお帰りなさることです」

といった。いってから、冬子の答えを待つために、しばらく口をつぐんだが、手の下の女性は、ただからだを堅くしただけで、口をひらこうとはしなかった。気づいてみると、いつのまにかたもとから顔をあげて、じっと池のおもをみつめている。

「かつて、小松谷の夜では、わたしは青不動にすかされた。こんどは、あなたがすかされておられる」

「わたくしは、すかされてはおりませぬ」

冬子は、池を見つめたまま、まるで少将を切りかえすように、どこか決然としたものをこめた語調でいった。すでに泣くことをやめている。

（え？）

こんどは、則近がおどろくはずだった。このひとのどこにこんな音がかくされていたのかと目をみはった。

「……あの連中はね」

「あの連中とは？」

冬子は、横顔を動かさずにききかえした。

「門兵衛という男と、青不動です」

「その門兵衛が、お悠さまとかいう大坂のむすめを則近さまにめあわせようとしているのでございますね」

「知っているのですか」

「存じております」

「悪いやつらではないのです。わたしにはずいぶん尽くしてくれるし、役にもたっています。しかし、どちらも女衒のような趣味がありましてね」

「ぜげん？　それはどういうことでございましょうか」

「いや」

少将は、あわてて軽いせきばらいを一つ落としてから、

「お覚えにならなくてもいいことばです。とにかく、わたしは出かけます」

「どこへ？」

「江戸です」

「今夜は、ここへお泊まりにならないのでございますか」

「このままたつつもりです。あの連中が、その辺でいさかいをしているすきにね。まあ、たつというより、逃げだすようなものだが」

「則近さま」

冬子は顔をあげて、少将をみた。

「わたくしも、連れて行ってくださいまし」

「遊山(ゆさん)ではないのです」

則近は、池のふちを離れて、

「わたしが京へもどるのはいつになるかわからないが、そのかわり、ことしの秋は、きっと高尾へもみじ狩りにつれて行ってあげます」

冬子が立ちあがってそっと松の下松をはらいのけたとき、そこに立っていたはずの少将の影は、もうこの闇の中のどこにも見あたらなかった。

刺客屋敷

1

（犬かな――？）

最初、少将則近は思った。鳴海の宿をすぎたころ、少将の前をスイと追い越した影があったのである。

すかしてみて、どうやら人であるらしいことがわかったとき、ちょっと舌をまく思いがした。

（四足獣でなければ、この闇の街道を、ああは自在に歩けぬものだ）

影は、足音もなく闇のむこうへ消えた。

少将は、両側の松並み木がはさんでいる空を見た。星はなかったが、わずかに明るさがあった。空に濃く影をうがっている松のこずえをみては、かろうじてその下の道を推定しつつ、闇の街道をたどった。

三河有松の在所をすぎたときに、子刻（午前零時）の鐘をきいた。宮の禰宜屋敷を抜け出てから、二時間を越えている。ときどき、闇のむこうからちょうちんが流れるように走ってきて少将のそばを駆けぬけた。上方へのぼる早飛脚だろう。

落合の在所で、犬が二頭、もつれあって駆け通った。早飛脚と犬と、先刻のあの影のほかは、この闇のなかでだれにも会っていない。

（あいつ、何者だったろう）

気になった。しかし、たかをくくった。

（まあいい。池鯉鮒の宿をすぎるころには夜があけるはずだ）

それが不覚だったのかもしれない。

2

有松
落合
善江

と、街道わきの諸在所をすぎていくうちに、急に少将の足は橋板を踏んだ。風が、ほおをなではじめていた。川下から吹きあげてくるようだった。

（さかいばし。——）

渡りおわって、たもとの文字を指さきでなでてみると、そう読みとれた。

その橋のたもとで、尾州領は、すぎた。橋からむこうは、小大名や旗本の多い三河の国のはずであった。

（おや）

と思った。目の先の闇に、ぽつりとちょうちんの灯がうかんだのである。

（夜旅の者だろうか）

ふりかえってみると、うしろの闇からも、いつのまにか、ちょうちんの灯が、少将を追うように泳ぎせまっている。灯のうしろにいる人数は、どうやら三人や四人ではなさそうであった。

（在方の者かな？）

とも、おもえないふしがあった。在方の者なら、一声も発せずに夜道を歩くはずがなかろう、そう思いかえしたとき、はじめて少将の身のうちに小さな緊張が走った。

(高野少将さま)

前の灯が、低く、しわがれた女の声で少将を呼んだ。

(ちっ)

少将は、舌を打つ思いだった。例の雅客の女だったのである。

(とすると、鳴海の宿はずれの黒い影は、あの女の諜者だったのか)

不覚だったな、と思ったとき、すでに女は目の前にあらわれていた。お高祖頭巾でつつんだ顔を微笑させながら、

「いつぞやは失礼をいたしました」

と、わずかに腰をおとし、

「禰宜屋敷ではお寝りになりにくいとみえて、夜旅になさいましたようでございますね」

ちょうちんのほかげに照らしだされた目もとが、にっとわらった。少将の動静なら、つねにわれわれの手のうちだ、といった微笑なのである。

「ああ」

少将は苦笑した。

「あんたは、なんでも知っているようだな」

「ええ、少将のことなら」

女は、目もとをほそめた。長いまつ毛が、ほかげでけむるようなくまをつくっているのを、少将は美しいとおもった。

「礼をいったほうがいいのかな。しかし、そこを」

少将は、あごでしゃくって、

「のいてもらいたい。わたしはこれでも、道をいそいでいるつもりなのだから」

「お宿は?」

「ない」

いってから、ふと少将は闇のなかで火縄のにおいをかいだ。はっとして、

「おい」

女の肩に手をかけようとしたが、女は微笑をふくんだまま、スイとあとじさった。

あたりを見まわした。

前後に、ちょうちんがあった。いつのまにか、身のまわりにすきまもなく人影がかこ

んでいる。

影のむれのなかで、点々と赤い小さな火がうごいているのは、鳥銃を持つ者が数人いることを証拠だてていた。

「わたしをどうする気かね」

少将が、両手をたれていった。うかつに動けば、かえって危険だと思ったのだ。

「どうもいたしませぬ。ただ、おきのどくだとおもって、お迎えにまいったまででございます」

「お迎えに？」

「お宿をさせていただくために」

「どういうことかな」

「べつに子細はございませぬ。堂上の御身で、宿もなく夜旅をなされているのがおきのどくに思ったまででございます」

「ご親身なことだ」

少将は肩をおとして、

「しかしわたしはせっかく夜道を楽しんでいるところだから、辞退したいのだが――」

「いいえ、ご辞退なさいますまい」

「なるほどね」

少将は、ちらりとあたりを見まわして、

「これはご辞退できそうにないな」

女は、人影のほうへふりむくと急に口調が冷たくなり、

「お乗り物をここへ」

と、命じた。

少将の前へ、乗り物がおろされた。

「お腰のものを」

「どうするのかね」

「あずからせていただきます」

「いいだろう。わたしは武士ではないのだから、こんなものは惜しくない」

少将は、腰へ手をやろうとして、ふと手をとめた。人影が、いっせいに緊張した。しかしむぞうさに両刀をさやのまま引きぬくと、女のほうへ投げ、

「では、遠慮なく乗り物をちょうだいすることにしよう」

影のひとりが、及び腰で戸をあけた。少将が身を入れると、すぐ戸が締まった。外から錠のおりる音がきこえ、乗り物が静かに浮きあがった。

3

(殺す気かな)

暗い乗り物のなかで思った。京の公家を殺したとなれば、いま流行の勤皇勢力の世論がふっとうするのにきまっている。おそらく、身がらをいずれかへ連れこんで、ひそかに始末してしまうつもりなのだろう。

(まあ、なるようにしかなるまい。あわてるだけむだだ)

腕を組んだ。

(雨か?)

乗り物の屋根を、しずかに雨あしがたたきはじめている。聞いているうちに、京からの道中の疲れが出はじめて、少将則近は、ふと、ねむりに落ちそうになった。

(百済ノ門兵衛のやつ、いまごろおこっているまっさいちゅうだろう)

眠けが重くのしかかっている頭のすみで、少将はわらった。青不動は、やっきになってさがしているに相違ない。

(——それにしても)

幕府は、むだには雅客を養っていないようだ、と則近はわが身にふりかかった災難をまるでひとごとのように見ながら、舌を巻く思いがした。雅客たちは、少将がふたりの従者を禰宜屋敷に残して単身になったのを見さだめたうえで、周到な待ち伏せをした。京を出てから、昼夜となく少将を監視していなければ、こうはあざやかにいかないはずなのである。

ふと、屋根をたたく雨の音がやんだ。どこかの屋敷の門のなかへはいったのだろう。

「そのまま玄関へ」

指示している声がきこえ、やがて廊下をわたり、座敷にはいったようであった。

「錠を」

声がきこえ、戸があいた。

「ほう」

少将は乗り物から出ながら、明るくわらった。

「座敷牢かね。さすが供ぞろえまでして迎えてくれただけあって、趣向が凝りすぎている」

　錠は格子の外から手を入れてあけたらしく、二十畳ばかりある牢のなかは、少将のほかに、むろんだれもいない。

　牢のなかを見まわした。

　すみに豪華な夜具がのべられており、そのそばに金びょうぶがまわされ、金まき絵のみごとなたばこ盆、脇息、手あぶりなどの調度がおかれている。調度からみて、

（どうやら、大名の屋敷のようだな）

と思った。五十畳ほどの一つ部屋の半ばを格子で区切り、燭台が二つ、室のそとで淡く闇を払っている。

（木口が古い）

　おそらく、新たに造ったものではなかろう。広さからみて、大名の門葉の者のために使ったことがあるのかもしれない。

　則近は、腰をおろし、脇息にもたれて、格子のそとの燭台の灯をながめた。

　灯のむこうに、琴棋書画の図をえがいたふすまがある。ふすまが、しずかにひらい

た。

（ほう、化粧をなおしてきたな）

雅客の女だった。

手燭をもつ女がさがると、格子のそばまで進んで、そっとすわった。

「おいごこちは、いかがでございますか」

あいかわらず、目もとだけで微笑っている。

「まずよさそうだ」

少将は、脇息にからだを倒したままいった。

「道中の旅籠は、いずれも人くさく、ほこりくさかったから、ひさしぶりでよく眠れるかもしれない」

「お茶を――」

女の笑顔に、ちらりとかげのある表情がかすめて、

「まだ召しませぬか」

「茶？」

少将はひざもとをさがして、

「まだもらってないようだが」

「いいえ。お望みでございましたら、いますぐ運ばせてまいります。さもなければ、明朝にいたしてもよろしゅうございます」

女は、妙なことをいった。則近は、女のことばに含んでいる意味に気づいたが、そしらぬていで、

「ただの茶か」

「はい」

女は、笑わなかった。

「唐渡りの妙薬が入れてございます」

「妙薬をね」

むろん、毒薬なのである。

「それとも、お酒になされますか」

「酒にも妙薬がはいっているのかね」

「入れてはございませぬ」

女は、かぶりをふり、

「しかしお望みでございますか。そのようでございましたら、入れてもよろしゅうございますけれど」

「せっかくのご好意だが、今夜は遠慮しておこう。疲れをやすめるために、ただの酒をもらいたい」

「よろしゅうございます」

女は、手をいくつかたたいた。しばらくすると、さきほどとは顔つきのちがう腰元があらわれて、酒肴をはこんできた。女は、その一つ一つを毒味して格子の中へ入れおわると、

「粗肴でございますけれど」

と畳のうえに指をついた。

「酌をしてもらえないのかね」

「ご容赦なされませ」

きっぱりといった。格子へ手を差し入れるのが危険だと用心しているのだろう。

少将はゆっくり格子の前に近づいてきて、酒器の前にあぐらをかいた。

「あなたも飲むがいい」

少将は酒をついだ杯を女に渡した。

「では、重ねてお毒味がわりに」

女は、少将の視線のなかで余さずに飲みほすと、杯を格子のさんの上においた。

「やはり、妙薬は入れてないようだな」

「千織は、うそは申しませぬ」

「千織？」

少将は、まゆをひそめ、

「あなたは、千織と申すのか」

「名などは、なんとでもよろしゅうございます」

「以前、たしか別の名をきいた記憶がある」

「あれはうそでございます」

「たったいま、千織はうそをいわぬといったはずだが」

「名だけは」

「うそは、名だけかね」

「素姓も」

女は、はじめて声をたてて笑い、

「甲賀郷竜法師の郷士望月多仲の娘であると申すのは、いつわりでございます」

「ほう」

少将は、杯をくちびるでとめた。女は、じっと杯のあたりを見つめながら、

「実の素姓を聞きとうございますか」

「だいぶ因縁を重ねたゆえ、聞いておいてもわるくはないかもしれない」

「常なら申しませぬ」

「牢にはいっているからいいのか」

「いいえ。もはやお命のないおかたでございますゆえ」

「ちょっと」

少将は、いたずらっぽく脇息から乗りだして、

「念を入れるようだが、それはわたしのことか」

「はい」

「こまったな」

「それとも、この地からすぐ京へおもどりくださいますか」

「それもめんどうなことだ」

「では、おあきらめになっていただきます」

「べつにあきらめはしないがね」

「なぜでございますか」

「武家は最期がいさぎよいそうだが、わたしは公家だからね、最後までじたばたさせていただく。――ところで、あなたのご素姓の話だ」

「当家とは？」

「土井忠次の」

「ほう、美濃守のむすめなのか」

「はい」

「土井美濃守といえば、封地こそすくないが、諸侯ではないか。そのむすめが、なぜ隠密のような卑賤の働きについている」

「それは」

千織という雅客の女は、からかうように目をほそめて、

「京の左近衛少将が、密偵使になられるような時世でございますから」

「わたしはちがう。なかば道楽のようなものだ」

「わたくしも、おなじでございます」

「ちょっと聞く。ここは城中なのか」

「いいえ」

「どこだ」

「わたくしの屋敷でございます」

少将は、むろん、うそだろうとおもった。たかが小大名の姫君が、これほどの屋敷を城下に拝領しているとは思えなかったのである。

（どうせ、なにもかもそら言だろう）

と思ったとき、女は少将の心のうちを見すかしたように笑って、

「べつにお信じにならなければ、それでもよいのでございます。——あ、お酒は？」

「過ごした」

「よろしゅうございますか」

千織は、ふたたび手をうって腰元をよび、うつわをさげるように命じた。ふるまいの

はしばしが、どうみても、近江甲賀郷の郷士の娘ずれではなさそうにも思えた。

(やはり、土井のむすめなのかな)

どちらでもよいことだ、と少将はごろりと横になって、

「千織」

とよんだ。

「水」

むぞうさに命ずると、

「はい」

呼びすてられたのが意外だったのだろう、千織はほおを染めて立ちあがり、

「しばらくお待ちくださいませ」

腰元をよばずに、自分で持ってくるつもりらしく、あとじさって、ふすまから消えた。

(魂胆の知れない女だが、存外、根のかわいい女かもしれない)

さて、とおもった。そんな推量より、夜の明けるまでに、この牢から抜け出るくふうをしなければならないのである。

天井をみあげた。

破れそうになかった。

(運を待つか)

むろん、それ以外にない。いまはとにかく、できるだけ明るくふるまって、相手に不意の殺意をいだかせないことだった。

女が、ぎゃまんの器に水を満たし持ってきた。器を格子のさんにおくと、

「どうぞ」

「これには妙薬がはいってないのかね」

「さあ、どうでございましょう」

例のけむるような微笑をうかべた。

「わたしの曲芸はね」

少将はいった。

「一つある。それは、平気で、いつでもそのときの姿勢のまま死ねることだ。剣の極意はそれしかないと師匠からきいた。それだけを愚直に信じて、いまに至っている」

「お飲みあそばせ」

「いいだろう」

少将は、ひじまくらをついたまま、片手で器をつかんで、ゆっくりと飲みほした。

「おえらいこと」

女は、目をはなさずにいった。

「たかが、水を飲んでほめられたのははじめてだ」

少将は苦笑して、

「すこし寝る」

といった。

「おふしどは、あちらにしたくさせてございます」

「酔うた……」

聞こえぬふりをして、目をつぶった。事実、ひどく眠かった。

4

夢をみた。

悪夢だったかもしれない。何かに五体を組み敷かれて、動こうにも指ひとつ自由にならなかった。汗がながれた。夢をみながらも、まぶたのなかに汗がにじみ入るのが自分でもわかった。

「則近さま」

よばれて、はっと目がさめた。さめると同時にはねおきてひざを立てたとき、自分の右手が、白い手首をつかんでいるのに気づいた。この手が胸を押えていたに相違ない。

「なに者だ」

白い腕は、格子の間からのびている。

則近は、目をすえて格子のむこうを透かした。腕が、もだえた。

「いたい。……」

存外、かぼそい声をだした。

「いいえ。なに者か」

「放して。則近さまのばか」

「え？」

なつかしい京ことばであった。ことばだけではない、声にもきき覚えがあった。則近は、身を寄せて、内側からのぞいた。

「あ。そなたは」

「早く。――これはお刀」

女が差し入れてきた大小をすばやく腰に差すと、

「事情は、あとで伺おう。お礼をいいます」

「事情やお礼などは、どうでもよろしゅうおす。早うおしやす」

女は、錠をあけ、則近を出すと、燭台の灯を吹き消した。

暗い。

女はつと寄ってきて、

「こちらへ」

いいつつ、少将則近の左手の中指をそっとつまんだ。手をひいて逃げ道を案内しようというのだろう。火急の際でも手をにぎらずに指を触れるあたりは、いかにも京の女らしくて、則近はふと微笑がわき、

「七年ぶりだろうか」

と、声をひそめていった。

「あいかわらず、のんき者どすな」

女は、闇のなかであきれたようにいい、

「お声を、おつつしみやす。さもないと、則近さまばかりでなく、妙の命までのうなりますえ」

「なるほど」

少将がだまると、闇が満ちた。女は、則近と指を結びつつ、廊下へ出た。廊下のむこうに、中庭がみえた。すでに夜が白みはじめているのである。

部屋と部屋のあいだを縫いつつ、女はすべるように走った。

うしろで、騒ぎがおこった。呼ばわる声と足音がみだれて、騒ぎはしだいに大きくなるようであった。

「おおこわ」

女は、おびえたようにいった。

「牢破りが露見したらしゅうおすえ」

「あなたと別れよう。ごいっしょにいると、ご迷惑がかかる」

「どこへお逃げやすおつもりどす?」

「庭へでもまわろう」

「庭？　武士どもは庭で待ちかまえているはずやのに、投網にかかりにいくようなものや。それに、もう東が白んでいます」

「あなたは、この屋敷のなんなのだ」

「この家の？」

女は、走りながら答えた。

「あるじどすえ」

「あるじ――」

さきほどの千織もそういった。いったい、どういう事情になっているのだろうとおもったとき、

「あ」

曲がりかどから突如出てきた雅客らしい男が、少将と女をみて声をあげた。

「出あえ。――ここだあ」

同時に、背をまるめ、剣を中段に突きだしたまま、突進してきた。ひくか避けるか、思量する余裕もなかった。男のつばが目の前に大きく見えたとき、少将はとっさに左ひ

ざをついた。右ひざのうえで、はげしく刀身が旋回し、あばらを断つ手ごたえとともに、男のからだが、薄暗い廊下に投げだされた。

「早う」

女は、少将のそでをつかんだ。廊下のむこうが、杉戸でさえぎられていた。

「早う」

がらりと杉戸をあけて、そのなかへはいると、女は、うしろ手で締めたままの姿勢で杉戸にもたれ、

「ほんに」

と、少将を見あげた。

「ひさしぶりどすな」

御国御前

1

「ほう」

少将則近は、豪華な調度の置きならべられた部屋のすみずみを見まわしながら、

「妙さん、あなたも、出世をしたものだな」

といった。

表のほうでは、まだ騒ぎがつづいているようだが、だれもこの部屋にまで踏みこんで来る気配はなかった。その一事でも、部屋のあるじの身分が尋常でないことを証拠だてていた。

「出世？」

妙という女は、少将のことばを皮肉に受けとったらしく、青いまゆをひそめた。まゆをひそめると、くちびるが半びらきになった。少将ははっとするほどの感動で、

（あのころの妙が、こんなに美しくなった）

とおもった。

「こんなん、出世どすやろか。島原のおいらんに売られたのと、なんの変わりもあらへんのどすえ」

「そんなものかな」

少将はひざを立て、刀を抱いて、女の顔をみた。

妙は、少将の少年のころの隣家の娘なのである。

妙の父を、桐大路実道といった。

五位の左大史で、公家といっても名ばかりの低い家がらの家なのだ。

公家には、いくつかの家格があった。摂政関白になりうるのは近衛、鷹司、九条などの五摂家にかぎられ、ついで、太政大臣にまでのぼることができる清華家がある。その下に、大納言参議になる羽林家があり、弁官蔵人頭になれる名家がこれにつぎ、妙の実家の桐大路家は、五位以上にのぼれない「官務」という最下級の家格なのだ。

「あなたのお屋敷には、大きな桐が植わっていたな」

少将は、そんなことを思いだした。妙がうなずいて、

「夏になると、その葉陰で、あなたさんとよう市松人形を抱いて遊びましたなあ」

妙がいった。

「それだけじゃなかった」

少将が、苦笑しながら、妙をみた。

則近の家は、大納言参議にまでなれる羽林家だが、武家の世界とはちがって、公家の仲間は、それほど身分の差別がきびしくなかったから、則近は、隣屋敷の妙と、まるで兄妹のようにして育った。

もっとも、年は同じなのである。兄妹のように、といっても、ふたりが互いの異性に気づきはじめる年ごろになると、なんとなく疎遠になりはじめてしまっていた。

そうした夏、ふたりが十六の年のことだ。

「あのこと、覚えておいやすか？」

妙が顔を赤らめながら少将にいった。

「覚えています」

「妙もわすれてはいません。いまでもそのことを思いだすたびに、ここのとこが」

妙は胸もとをおさえ、

「痛うなりますのどすえ」

少将をみつめてわらっているが、声がかすかにふるえていた。

(だれの一生にも、あんな、まるで狂気したような日があるものだろうか)

少将は、その日のことを思いだしながら、血の熱くなるのをおぼえた。

元服がすんでから数ヵ月ばかりたったある日のことである。則近が部屋で書見していると、急に日がかげりはじめた。

(あれはたしか「孟子」だった……)

読んでいた「孟子」のどのくだりでそれが襲ってきたか、いまもまざまざとおぼえているのだ。少将の記憶の中の風景では、そのとき急に西日が落ちた。書物の上の文字が、急に見えなくなったのである。

見えなくなったのは、日影のせいばかりではなかった。なにか、狂暴なけものがからだの中にはいったような気がした。けものは則近に、

「立て」

と命じた。則近は、夢の中の人のように立ちあがった。西の空をみた。血を流したような残照を背景に、隣家の桐大路家の桐の老樹が、くろぐろとした影をおどらせてい

た。——いつのまにか、則近は、庭に出てしまっていた。

(あの木を、はぎたい)

狂暴な欲求が、則近の足を、忍び足にさせていた。木をはぎ、樹皮をそぎすてて、樹液のあふれる中で自分をもだえまみれさせたかった。

桐大路家のへいの影にはりついたとき、則近は、自分の中の桐の像は、じつは妙であったことに気づいた。

(妙……?)

妙でなくてもよかったのかもしれなかった。則近は女をもとめた。ふしぎなことがおこった。

小門があった。

それを手で触れたとき、まるで小門は、則近が忍び入ってくるのを待っていたように音もなくひらいたのである。

「則近さま。……やっぱり」

暗いなかで、そっと手に触れてくる者があった。

「妙には、わかってたのどすえ」

「……」

則近は、手をとられたまま、ぼう然と立っていた。

則近が屋敷をぬけ出たとき、妙もまた、則近をもとめて居間から庭へ出てしまっていたのだという、いま考えてみると、この年ごろの男女には、人の力を越えた奇妙な感応力があるのかもしれなかった。

「居間には」

妙が声をひそめていった。

「姉や妹たちがいます」

だから、居間へ忍ぶことはできない、というのだろう。妙の小さな手が、則近の手を強くにぎった。握られている手から、妙の血のさわぎが伝わってきた。則近はひざがふるえた。

「抱いて」

妙が倒れてきた。則近は夢中で、妙の小さなからだを抱きしめた。小そでを通して、妙の微妙なからだのうごきがつたわってきた。則近は、のど奥にはげしいひきつりをおぼえた。つばが、なかった。

「桐の木の下へ」

妙が、小さな声でいった。そこへ連れて行けというのだ。公家といっても「官務」程度の家格では間数も少なかったし、妙には七人も兄姉がいた。屋敷には、あだし男をひき入れる余裕は、植え込みのしげった庭のほかにはなかった。

則近は、妙をだきあげ、桐の木の下へ運んだ。こけのにおいがした。こけのうえに背をつけた妙は、そっと顔をそでおおった。

則近は、妙のからだのそばにひざをついた。なにをすべきかが、わからなかった。

妙は、則近のとまどいを察したのかもしれなかった。妙の足がうごいた。小そでのすそがわずかに割れた。白い足が出た。則近は足に触れた。夢中で樹皮をはいだ。樹液があふれていた。

そのあとの自分を、いまもおぼえていない。ただ、最後に流れた風の中で、妙は白いからだを横たえたまま、「くすっ」と笑った。なぜ笑ったのかは知らない。則近の皮膚の下で動いた妙の忍び笑いが、奇妙に記憶にこびりついていた。

2

「――しかし妙だな。どうしてわたしがこの屋敷にとらわれていることが、あなたにわかったのだろう」

「奥で使うている者から、京からきたお公家はんがお牢に入れられておいやすと聞きましたのどす。ひょっとすると則近さまやないかと思うて行ってみたら、やっぱり……」

かすかに、潮騒の音がきこえた。

「この屋敷は海に近いんですね」

「浜御殿というのどすえ」

「城は？」

「半里ほど東どす」

「あなたは、この藩のなかでは、いったい、どういう身分なのです」

「御国御前どす」

「妙な官名ですね」

少将は、武家の有職にはくらかったから、思わずそういった。

「ほほ」

妙は手を口にあてて、

「官名ではございません。地下のことばでいえぱ、大名のおめかけはんどす」

桐大路家は、子どもが多かった。娘五人のうち、三人までは公家や諸大夫の家にかたづかせたが、あとのふたりは「お捨て金」にした。

大名に娘を売るのだ。大名といっても、ほとんどが戦国のころに庶人から身を起こした者の子孫だから、京の月卿雲客の娘をまるで宝玉のように考えていた。

しかし、正式に婚姻することは、幕府からきびしく禁じられていた。大名の武力と公家の権威が結びつけば、幕府の基礎が浮きあがってしまうからだろう。

もっとも、めかけにするぶんにはかまわなかった。ひそかに、京都所司代の役人にたのんで、好もしそうな公家娘を物色するのである。話がきまれば、藩の京都留守居役の武士が行って、「お捨て金」をおく。

留守居役がいう。

「おひい様をお捨てくだされまするよう」

「なんぼで捨てる」

公家は慣れていた。自分の娘の器量がいい場合は、高い捨て金を要求した。値があわなければ、他藩にまわすこともあった。

娘は、いったん捨て子になるのである。それをたまたま拾いあげたのが、国守、城主、領主といった大名だという形式になった。むろん捨て金を渡したあとは、幕府の目をおそれて、めかけに京の実家との行き来をいっさいさせなかかった。

「京へは帰ったことがないのですね」

「ええ。則近さまとあんなことがあった翌年に京を出たきりどすさかい、もう八年になりますかしら」

「恋しくありませんか」

「もうあきらめていますもの」

妙は明るく笑った。少将もつい妙の笑顔につりこまれて、

「あなたは、いくらだったのです」

からかうようにいった。捨て金のことなのである。

「豊後臼杵五万石の稲葉能登守からもまいっていたのどすけど、父が安すぎるといって。……ここは、二百両どした」

「さすが、器量よしだからね」

なにげなくいったつもりだったが、妙は皮肉に受けとったらしく、ちょっと悲しそうな顔をした。少将はあわてて、

「売られたのはあなたばかりではない。わたしも一時は大坂の小西屋という町人の家へ養子になるために寄寓していた。町人と大名なら、大名のほうがまだましでしょう。

――ところで、聞きたいことがある。あの千織という女の素姓のことだ」

「千織どの……」

妙は、ちょっと顔をこわばらせて、

「あのかたは、なくなった静というお腹様のお子どす」

「お腹様？　よくわからない」

少将は苦笑して、

「どうも大名の奥むきというのは、貧乏公家の頭には、はいりにくいようだ」

「お腹様とはね」

妙が、説明した。

大名の奥にはたくさんのめかけがいる。その素姓がどうであれ、男の子をうめばお部

屋様とよばれ、女の子をうめばお腹様という特別の格式をあたえられるのだ。

千織を生んだ静という土井家のお腹様は、近江の甲賀郷士の娘であったという。

「その甲賀郷士というのは、もしや望月多仲という者でないか」

「ようご存じどすな。甲賀郷の忍者で、多仲といえば、もはや劫を経て人怪に化したというはなしどすえ」

多仲の娘静は、土井美濃守の江戸屋敷に奉公して千織を生み、数年で死んだ。

その後、千織はこのお浜御殿で養育されたが、長ずるにおよんで奇行が多かった。不意に屋敷から姿を消して、みなを騒がせることがざらだったという。探索するうち、数ヵ月もたってからひょっこり帰ってきては、甲賀郷のじいの里で遊んでいた、とこともなげにいった。その間に忍びの術をまなんだり、在郷の忍びの者を手なずけたりしていたらしく、女中をつかまえては、

「あたしの指ひとつ動かせば、五十人の忍び者が集まる。五十人の忍び者を配下にもてば、天下をくつがえすことだってできる」

といったりした。

父の美濃守が老中になったとき、せがんで自分の配下十数人を雅客に編入したうえで

自分が首領になり、御所や公家の動向を密偵した。

「平素、その女はこの御殿にいるわけですね」

少将則近がいった。

「わたくしが、おあずかりしているのどす」

「あなたが？」

「御国御前として」

つまり、土井美濃守の正夫人は江戸屋敷におり、第二夫人である妙は国もとにおける美濃守の家庭を総宰する位置にあった。いわば、千織の親がわりになっているのである。

「あの姫なら、あなたの手におえまい」

「ほんに」

まゆをしかめていった。

「野ばなしどすえ」

この一つ御殿のなかのふたりのあるじである御国御前と姫は、どうやら仲がよくないようであった。

3

「退散する」

少将はいった。中庭に日がかげりはじめたようであった。騒ぎもとくにおさまっていた。雅客たちは、おそらく、少将がお浜御殿のそとに出てしまったとみたのにちがいない。

「いずれまた」

少将が佩刀をとって立ちあがろうとすると、妙は、あれ、とそでをおさえて、

「お命がほしゅうはおへんか」

「なぜです」

「雅客たちが、御殿の外を固めているにちがいない。網にかかりに出るようなものどすえ」

妙は、日暮れを待て、といった。

「それまで、ゆるりお酒でも召しあがれ」

腹心の女中を呼んで酒肴をととのえさせ、少将をむりにすわらせて自分も杯を口にした。

「いいのですか」

「なにが？」

「あなたですよ」

「美濃守は、八十三里むこうの江戸におわしますえ」

「どうも、間男めいていやだな」

「もうここでお別れすれば、生涯に二度とお目もじすることもおへんやろ。人の世は、一期一会を満たすほかにしあわせはないと申しますものを」

女は自分のことばに自分が得心したのか急に大胆になり、ひざをくずして則近のそばへ寄ってきて、

「桐の木の下のころを、お忘れやしたか」

と手をにぎり、ひざに片方の手をおいた。ほのかに伽羅油のにおいがかおってきた。

「あなたは」

則近がおどろいて、

「あなたは今は美濃守の御国御前だというのに、不貞ではないか」

「不貞——？」

御国御前が、珍奇な説をきいたようにおどろいて、

「わたくしは、京の公家のむすめどすえ。都には不貞などということばはおへんえ。貞も不貞もあずまの武士が作ったたわごとじゃ。あずまの男と京の公家のむすめがあだしごとをするのは不貞ですやろけれど、京の公家の男とおなごがみそかなことをするのに貞も不貞もない」

「なるほどね」

いわれてみれば、そうかもしれないと少将はおもった。貞操などは、武家が作ったたわごとで、公家には公家なりに、千年のうわきの伝統があるはずなのだ。

「公家ふうに」

御国御前は、少将のひざにからだをもたせていった。

すでに日が暮れている。部屋に闇が満ちはじめていた。妙はもたれながら、少将の手をとって、

「桐の木の下のときのように」

とひめやかな声でいった。

「だれかいる」

「ご懸念はおへん」

次の間で、不意にはいってくる者のために控えている女中のことを、妙はいった。

「だいじはないか」

「あれも、京の諸大夫の家から連れてきた者どす」

武家の娘でないから物わかりがいい、というのだろう。

妙のからだが、ひざのうえでくずれた。少将はささえたまま、闇のなかで、じっと呼吸をととのえていた。

「どうおしやした」

妙がいった。少将は、

「いや」

といったまま、だまった。闇のなかの気配をうかがっている。

「たしかに」

妙の耳もとに口をつけて、

「控えの間にいるのは、女中なのかな」

「え?」

「ちがう気がする」

「まあ」

妙は闇のなかで口をあけ、急に声を忍ばせて笑った。

「小心なおかたどすなあ」

「笑われてもいい」

「則近さまは、それでも男か」

妙の熱い息がきこえた。

「おなごをいとおしむときに、なにかよそごとを考えている男ほどみじめなものはない。早う。則近さま、あの桐の木の下のときのように夢中で抱いてくだされ」

公家娘には公家娘の論理がある。情事のみが彼女らの正義だったし、いざとなれば目がさめるほどに放胆になった。

「一期の思い出にしたい」

妙があえぎはじめた。生涯でふたたび会えまいという実感が、妙を大胆にした。妙は、狂気したように自分の手で帯の結びをくずした。帯を解くと、久しく忘れていた妙のにおいが、しずかに部屋のなかにむれはじめた。則近は、妙を抱く腕に、はじめて力をこめた。

「妙」

「はい」

妙がうなずいたのだろう。則近は妙のからだを強くひきよせた。

（こういう夜は、妙のいうとおり、生涯にないかもしれない）

思ったとき、はじめて則近の胸に桐の木の下の夜の狂気がよみがえってきた。妙のからだの下から、しめやかな京のこけのにおいが立ちのぼってくるような思いさえした。則近は、妙の胸をひろげた。

4

則近が、妙のからだを放したとき、妙は目を閉じていた。目をあいたとき、闇のなかのどこにも則近はいなかった。

「則近さま」

声をひそめて呼んでみた。答えがなかった。

「則近さま」

妙は、身じまいをして立ちあがり、燭台の一つに灯をつけた。風が流れた。淡い灯のまたたきが、わずかに闇をはらった。則近はどこにもいなかった。

妙は、控えの間へのふすまをあけた。灯のあかりが、ふすまから流れこんだ。その光の帯のなかの光景をみたとき、妙は、

(あっ)

と立ちすくんだ。この間で控えていたはずの女中が、胸をひと突きに刺し通されて、虫のように死んでいたのである。

(だれが?)

妙は駆け寄って、あたりを見まわした。いた。げしゅ人は、くろぐろとした装束をつけて、部屋のすみにうずくまっていた。

(この男か)

おどろかなかった。男は、両足を投げ出し、背を壁にもたせたまま頭をうなだれてい

た。妙は、手燭に灯をつけて、男のほうにかざした。少将則近が切ったのに相違なかった。男は右肩から一刀のもとに切りさげられて、息が絶えていた。

そのころ、少将は茶室のそばの低いへいを乗り越えて、暗い地の上にとびおりていた。砂が、足をうずめた。潮の香がした。浜辺の側なのだろう。

（うッ）

少将は、砂に足をとられたまま、数歩ひたひたと東へ泳いだ。とびおりたすきをねらうように、刃が右そでをかすめたのである。

影がいた。一つではなかった。左右に三つまで数えたとき、影のひとつが空中にはねあがった。黒い鳥が、にわかに天をおおったような錯誤があった。

黒い鳥に目をうばわれたせつな、ほとんど同時にもう一つの影が、地をはうような姿勢で少将の逆胴を襲った。

二本の刃が、ハサミで裁ちきるように少将の五体で交差したとき、少将は低く地をけってみずからのからだを砂の上に投げた。からだがはずんだ。はずみが一条の銀光をうみだしたかのように、少将の右腕が大きく旋回して黒い天を抜き打った。

「ぎゃッ」

天から返り血がふってきた。その血に染まるよりも早く、少将のからだは砂をけって浜辺を東へ走っていた。

江戸へいく。

(さまざまと難渋が多いようだ)

京の夜では、いまごろ仲間の若い公家たちはあいかわらず情事のてくだに浮き身をやつしていることだろう。ひとり京から遠くはなれた暗い潮騒のなかで走りながら、公家密偵使高野少将は、ふと心に臆するものをおぼえた。

(このぶんでは、無事命があって江戸へ着けるだろうか)

走った。

ひょっとすると、このまま地獄に走っていくような気がした。

色侍

1

岡崎の矢矧橋を渡りおえたころに、夜があけた。

霧の深い朝だった。霧のむこうに本多中務大輔五万石の城下の家並みがみえた。

前を、三人の男女が、江戸へくだっていく。

赤いうちかけを腰ひもで対丈にからげた小がらな女は、武家の女のようだった。その左手を、すこし遅れて供の女中らしい老女がついていた。

娘の右側に、ひとりの武士が寄り添うようにして歩いているのをみて、

（夫婦かな？）

少将は思ったが、すぐそうではあるまいとおもい直した。女はどうみても娘姿だったし、それに、しきりと話しかける武士に、娘はツンと前をむいたまま取りあおうともしていない様子だった。

（ははあ、道中の色事師だな）

すこしおとなげないとおもったが、少将はすこし足を早めて、かれらを観察してみようと思った。退屈しのぎのつもりだった。

（武士かな？）

たしかに武士だろう。

布地はそまつだが、ぶっさき羽織に野袴をはき、りっぱに大小を差している。一文字笠をかぶり、手に桐油製の紙がっぱをもっているあたりは、どうやら徒士（下士）らしかった。

背が高い。

近づいた少将の目に、横顔がみえた。色が白く、彫りの深そうな顔だ。難をいえば、鼻の頭が下へたれすぎていて、厚い受け口がゆるんでみえることだった。ゆるんだくちびるのはしが、こころもちほおへはねあがって、ねばねばと横の娘へ笑いかけていた。

（武家の値うちも落ちたものだな）

少将則近は、腹のなかであざわらった。

京の公家たちは、頼朝が鎌倉に幕府をひらいて以来、武家からはひどいめにあわされてきている。戦国時代には、諸国の武将のために領地を横領され、江戸時代になると、わずかなえさをあたえられて、天皇以下学問諸芸だけに専念するよう命ぜられた。

公家は、累代武家を憎んできていた。少将則近もその公家のひとりだから、

（あんな色侍が海道に横行するようでは、武家もそろそろしまいだな）

と思って、むしろ痛快な気持ちさえした。事実、こんどの公家密偵使とは、そうしたことを見聞するのが役目なのだ。数百年のあいだ、京という大きな座敷牢に入れられてきた公家たちは、武家社会の様子がわからない。ちかごろ勤皇倒幕の世論におされて京の朝廷が急に政治力を持ちつつあるおりから、公家の敵である武家の実体を知ることが、まず第一だった。今上（孝明帝）の黒幕である青蓮院ノ宮尊融法親王が、高野少将則近を、公家密偵使として海道をくだらせたのも、そうした理由によるものだったのである。

2

岡崎の宿場を通りぬけたころから、海道の人馬の往来がはげしくなった。

少将は、晴れた空の下を、あいかわらず三人のあとをつけて歩いていた。

(真昼だから、まさかふらちなこともできまい)

たかは、くくっていた。

(おや?)

男が、女の肩を押すようにして、盛んになにかを説きつけている様子なのである。

武家娘はとりあわなかったが、供の女中のほうがおろおろしていた。

老女が、ときどき、少将のほうをふりむいては、小腰をかがめて会釈した。万一のときには、あるじを救ってくれというつもりなのだろうか。

やがて、藤川の宿にはいった。この宿から次の宿の赤坂まで二里九丁である。まだ日が高かったから、もう一駅、日のあるうちに足をのばすつもりにした。

茶店があった。

前の三人が連れだってはいった。

しばらく遅れて、少将もはいり、よしずのかげに腰をおろした。

「もちを」

と少将は亭主に命じてから、娘のほうをみた。少将が思わず息をつめたほど、娘の顔は美しかった。

（京にもこれほどの娘はいまい）

年は、十七、八だろう。年のわりには地味な旅姿で、白い指で桜もちをつまんでいた。

男は、その横で茶をのんでいる。旅なれた落ちつきようからみて、どうやら遠国役人の下僚のようにも見てとれた。

老女が、あいかわらず、少将のほうへちらちらと視線を送っては、落ちつきがなさそうだったから、少将はそれと察して、

「茶代」

と亭主をよんで、先に出た。往来を、風が吹きはじめていた。

はたして、老女があとを追ってきた。少将はこの宿の名物の白苧染苧（しらおそめお）の細工物を売っている農家の軒端に立って、老女を待った。

「どうしたのかね」

少将は、笑顔でたずねてやった。

老女は、鉄漿（かね）のはげた口もとをすぼませて、いんぎんに腰をかがめ、

「いずれのご家中かは存じませぬが」

「家中？　わたしは浪人者だよ」

少将は苦笑した。

「しかし、お人がらとお見受け申しまして」

「あなたは？」

「勢州桑名藩の御馬回役内藤治兵衛様方に乳母としてご奉公にあがっております万と申しまする」

「あの小がらな娘さんのお乳母さんなんだね」

「さようでございます。おとう様がこのたび江戸定府（江戸詰め）におなりあそばしたので、お供をして江戸へくだります」

せきこむような口調でいった。

「あの武家は、ごしんせきなのかな」

少将がいうと、女は小さい目をむいて、

「とんでもございませぬ」

手をふった。

「宇頭坂をすぎるあたりから、道連れになりたいと申して、かってに付いてまいられたのでございます」

「江戸者だな」

「江戸者でございます」

「旗本かご家人なのか」

つぶやきながら考えてみたが、旗本ならいくら少禄の者でも供のひとりぐらいは連れていようし、ご家人の容儀でもなさそうだった。

「どこかの藩の定府の者かな」

「いいえ」

「寺侍か」

「ちがいます」

そのほかには、江戸には侍と名のつく種類がありそうにないと思って、

「なんだろう」

と、少将は興味をもった。

「渡り徒士でございます」

老女は黄色いそりあとのまゆをひそめていった。少将がけゞんな顔をするのをみて、

「江戸は広うございます。そのような稼業の者がいるのだそうでございます」

老女が手短に説明した。

早くいえば、臨時雇いの侍だ、というのである。大名が行列を美々しく組んで歩くとき、前後左右にもものだちをとった徒士がおおぜいつき従う。警護とはいっても、実は行列の装飾品にすぎない。そういう装飾品を、家中の者であてることができるのは、せいぜい十万石以上の大名で、それ以下の大名はむだに人数をかかえておくのは不経済だから、必要があれば臨時に雇った。俸給は五両三分二人扶持で、それぞれ大名出入りの口入れ屋に名を登録しておき、口入れ屋の指示次第で、きょうは摂津守、あすは美濃守といったぐあいに雇われていくのである。

(なるほどねえ、ひどいものだ)

少将は思った。

いざという場合は、そんな連中を戦場につれていけるわけではなし、つい先年の桜田門外の事件のように、行列に浪人が斬りこんできたところで、こういう連中は単に飾り物として雇われているだけだから、刀も抜かずに逃げ散ってしまうだろう。武家政治の中身は、がらんどうになっているのだ。

「それで？」

肝心の話だった。

「なにか危害を加えそうなのか」

「あのお人は、こんど大和鷹取の城主植村美濃守様のお国入りの行列にやとわれて大和へまいった帰りだそうでございます」

老女のいうところでは、渡り徒士というのは、大名の国帰りに雇われての帰路は、もっぱら道中で色事を楽しむのが通り癖なのだそうだ。

「宿場宿場には遊び女がいるから、べつに女道中の者をねらわなくともよかりそうなものだが」

「殿方のご趣向には、さまざまとお癖があるのではございますまいか」

老女は、くすりと笑った。武家奉公にあがっている女にしては、案外さばけたところのある女かもしれなかった。

「しかし、女ふたりがおれば、まず案じたことはあるまい」

「いえ。わたくしは、この藤川の宿までお見送りするというお言いつけでまいったのでございますから、この宿から江戸までは、お嬢さまのひとり旅になるのでございます」

だからこそ、こうして頼んでいるのだ、という顔を老女はしてみせた。

「するとわたしは警護役かね」

「めっそうもない。それとなくお見守りくだされば、うれしゅうございます。——で、お伺いそびれて恐れ入りますが、お名まえはなんと申されましょうか」

「それより、先方の仁の名は」

「猪川寅五郎と申すそうでございます」

「これはこわい名だ」

「して、あなた様は？」

老女は、笑いじわの寄った目で少将の顔をのぞきこんで、ねばっこく聞いた。

「虎山猪五郎としておこう」

「ずいぶんとこわいお名でございますね」

「先方が先方だからな」

「偽名でございましょう」

（おや？）

と少将は思った。

口をすぼめた老女の目が、異様に光ったのを見のがさなかったのである。

（妙だな。この目は、わたしの正体を知っている目だ。――すると、さきほどからの話も、なにかのわなであるかもしれない）

不意に、雅客のことを考えた。

（いままで、手のこんだいやがらせをしてきたあの連中のことだ。せいぜいまゆにつばでもつけておかねばなるまい）

密偵使として、身分こそ秘しているとはいえ、高野則近は公家なのである。公儀としては、まさか公家を表だって逮捕できないし、白昼力ずくで押し囲んで討ちとるわけにもいかない。自然、雅客たちは、隠密としての手のこんだ芸を使って、少将をあんあんに討ちとってしまうか、それとも、いやがらせをして下向を断念させてしまうことに、かれらの頭脳とわざをかけているようであった。

（いろんな芸がみられることだ。こちらは退屈しなくてすむ）

少将はふところに左手を入れたまま、海道を歩きだした。老女はすでに立ち去り、少将の二十歩ばかり前方を、相変わらず、渡り徒士という猪川寅五郎と、桑名藩士の娘と称する小がらな女が、寄り添うようにして歩いていた。

3

藤川から赤坂の宿まで、二里九丁という里程になっている。

赤坂の宿の手前にある法蔵寺の在所まできたときに、日が傾きはじめた。

海道のはずれに、法相宗の二村山法蔵寺という古刹があり、家康が幼時ここの寺僧について手習いをした縁故で、公儀から八十三石の寺領をあたえられていた。その寺まで、海道から細い道が出ている。

（おや、法蔵寺へいくのかな）

少将は、歩度をゆるめて、前のふたりをみた。

枝道のところまできて、渡り徒士は、しきりと、その道へまがることを女にすすめているようなのだ。

（ほう。そろそろ色事がはじまるようだ）

少将は立ちどまった。

向こうから、もどり馬を引いてくる馬子がやってきたので、前がみえなくなった。馬が少将の横を通りすぎたとき、麦畑の道を、連れ立って法蔵寺のほうへ折れていくふたりの影を少将はみた。

（なるほど、寅五郎の巧者なくどきに落とされたのかな）

芝居を見るような感じがした。寅五郎は、どんな甘いことばをささやいたのかは知らないが、思ったより巧者な色事師のようだった。

（女も女だ）

と思った。はじめは、冷たく澄ましていたくせに、藤川の宿でひとりになってから、旅の解放感で魔がさしたのかもしれなかった。

（それならそれで、せめて赤坂の旅籠までしんぼうをすればよかりそうなものだ）

少将は、立ちどまった。この道をまがって、かれらのあとをつけるべきかどうかを、多少楽しい余裕をもって迷ってみたのである。

（仲ができあがった以上は、どうも無粋きわまる役目のようだ）

武家に武士道があるとしたら、情事の宗家のような公家にも、情事の公家道というのがあってもよいかもしれない。公家の身で他人の情事をのぞき見するなどは、千年の情事の伝統にもとるような気もした。

（よそう）

歩きだした。

しかし、すぐ立ちどまった。あの芝居が雅客のわななならば、進んで落ちてみてやってもおもしろいではないか、と思いかえしたのだ。

――少将は、すでに夕闇の深くなった麦畑のなかを、ふらりと法蔵寺のほうへ歩きはじめた。

4

古びた大和ふうのへいがみえた。法蔵寺がそれだろう。日は落ちたが、みごとな残照が西の空を染めて、野も森も、紅に息づいているような夕景だった。

その夕景のなかを、男女は、法蔵寺の山内にははいらず、へいに沿って裏の松林のほうに行くようだった。

しばらく遅れて少将が松林にはいったときは、すでに木の下に闇だまりができはじめていた。その闇だまりの一つをみたとき、少将は、

（これは……）

と、うめいた。海道の色事師は、すでに仕事をはじめてしまっていたのである。

（みごとな腕だな）

舌を巻く思いがした。道中ずれのした渡り徒士のみがきあげた腕というものかもしれなかった。

（どうやら、正真正銘の渡り徒士のようだ。まさか、雅客の芝居ではあるまい）

そう見た。

そうときまると、それを木の陰から見ている少将の立場が、われながらこっけいなものになった。気配の静かさから察して、娘もじゅうぶんに合意のようなのだ。少将の出る幕ではなかったし、ぬれ場を物ほしげにのぞくなどは、公家千年の蕩心に賭けても、できることではなかった。

男は、木の下に腰をおろして、娘の肩を抱いていた。

娘は抱かれたまま、男の胸に顔をうずめている。男の手がしきりと動いているのは、女の帯を解いているのだろう。

男の手の作業がおわった。暗い闇だまりのなかで、にわかに白いものが浮かんだのは、女のはぎであったのかもしれなかった。

やがて、闇にねばりつくような息づかいがきこえた。男は長く、女は短かかった。少将は耳をおおった。それが木の下のふたりへのせめてもの思いやりだと思った。草むらの中からきびすを返そうとしたとき、

（あっ）

と息をつめるような衝動で、さきほどの老女の挙動を思いだした。

（そうだ。あの妙に目の鋭かった老女は、娘や、その連れの武士に、一度も話しかけたりはしなかったではないか）

そのとおりだった。しかも、常にふたりから数歩離れて歩いていた。茶店にはいったときも、同じしょうぎながら、すわっている位置はずいぶんと離れていたように記憶している。

（老女とふたりは、赤の他人だったのだ）

すべては、老女の一人芝居だったような気がしてきた。前を行く男女を種に、老女がかってな解説をして、少将をたぶらかしたとしかおもえなかった。

（ちッ）

だますにしても、手が込みすぎていた。被害者は、少将だけではなかった。何も知らずに木の下の闇だまりで抱きあっている男女こそ、いちばん無残な被害者だった。

(それにしても、なぜ老女は、わたしをだます必要があったのか)

あれが雅客の一味の者だとすると、答えは簡単だった。少将を、天下の公道で殺戮するのをはばかり、奸計を使って海道わきへ追いこんだのだ。

(……?)

少将はふりむいた。娘が、痴声をあげたようだった。少将には、男女が神のようにむじゃきに思えてきた。雅客たちの手のこんだ芸の犠牲に供せられているとはつゆも知らずに、木の下闇の中で無心に互いの愛をたしかめあっているのだ。

(うっ)

来た。

少将が解いた答えのとおりに、背後の闇の中で、突如殺気が誕生した。

(来る、な)

微笑した。そっと鯉口を切った。少将のほおから微笑が消えた。久しく忘れていた怒りが、激しいかたまりになって、腹の底から突きあげてきた。妙な感情だった。利用された男女への同情だった。それを義憤といえばいえた。とすれば、武士道の書にはない憤りだろう。

（いっ）

雅客特有の陰気な気合いが闇にこもるや、一条の白刃が少将の頭上に殺到した。身をかがめた少将は、ふりむきもせずに居合い討ちに斬りあげた。血が飛んだ。斬られたからだが空中で回転して、どさりと地に倒れた。

その異変に、木の下の男女はおどろいた。にわかに身じろぎする様子を察して、少将は白刃を下げたまま、ゆっくりと近づいた。

「動いてはならぬ」

ふたりは、抱きあったまま、目をみはって少将の影を見ている様子だった。

「無粋な邪魔がはいったが、いま動いては怪我をする。身じまいをなされ。その間に、そのあたりのけだものどもを、わたしがほふっておこう」

闇が深まっていないのがさいわいだった。雅客の影が明瞭にみえた。ふたり、いた。少将の左右からじりじりと間合いを詰めているのが難なく見えた。

「来るがいい」

少将は、右手の影の動きを下段に構えておさえつつ、首をまわして左手の影にいった。

「ただし、命が惜しくば逃げることだ」

「いっ」

少将の誘いがきいたのか、左手の影が吸いよせられるように上段から斬りさげてきた。

「ばか！」

刀をはねあげて右こてを切ると、手首をつけたまま刀が空にうかんだ。落ちた。鉾子から落ちて木の下のふたりの前に突きささった。

男女が、とびさがった。

少将が笑った。そのままの微笑を女のほうへむけて、

「すそのあたりが、私の目には」

といった。

「痛すぎるようだ」

女は、あわててすそをかきあわせた。

「おい」

少将は、右の影にいった。

「むだだ。こいつを」

こてを斬られてうずくまっている男を足でさして、

「かついで早くかき消えてしまうがいい」

いいおわると、少将は、身をひいてやった。影は、うずくまっている影を肩にかけると、驚くほどのすばやさで、闇のむこうへ消えた。

少将は懐紙をとりだして刀身をたんねんにぬぐい、そのまま男女のほうをむきなおって、はじめて声をかけた。

「わたしも消える」

男は、びくりとしたようだった。

「せっかくのところを、妙な飛び入り芝居をみせてすまなかった。――ところで」

少将は、ちょっとだまった。聞こうか聞くまいかと思案したあとで、ふッと微笑い、

「あんたは、やっぱり渡り徒士かね」

といった。

男は、まだ声が出ないのか、地に両手をついて、がくがくと頭を縦にふった。そうだ、そのとおりだ、と答えたつもりなのだろう。

（なるほど――）

少将は、歩きだしてから、声を忍ばせてくすりと笑った。

（その件についてだけは、老女の話はほんとうのようだった）

背後で、男女が大いそぎで立ちあがる気配がした。

やくざと武士

1

「おや、あんたも」

旅籠ねじ金屋治郎右衛門方の階段をのぼろうとした少将則近は、土間ですすぎを使っている若い武士と目が会って、

「ここでしたか」

と、かすかに笑った。

土間にいる武士は、笑わずに目をそむけた。他人のような顔をしていたいのだ。

(迷惑なのだろう)

少将は、階段をのぼりながら、くすくす笑った。そういうものが武士の情けというなら、知らない体にしておいてやることだと思った。

ほんの一刻ばかりまえのことだ。この遠州掛川の宿場へはいるすこしてまえの、森町

へはいる枝道がわかれているあたりで、江戸くだりの旅人らしい四、五人の町人にかこまれている武士をみた。その武士が、いま土間で足をすすいでいる、どこか西国の小藩のお国者らしい男だった。

「なあ、だんな、まいりやしょう。話はそこでつけようじゃねえか」

取りかこんでいる江戸者のひとりが、武士にあごでしゃくっていたけだかにいった。

(江戸のやくざ者だな)

江戸者たちの背後に寄りながら、少将は思った。

(どうやら、おもしろくなりそうだ)

少将は、江戸者の人定めをしてみた。

五人いた。

そのうち三人はあきらかに遊び人ふうだが、身につけている物からみて、ただのやくざではなく、しかるべき親分の代貸しぐらいは勤めていそうな人体だった。

あとのふたりは、武士との掛けあいには加わらず、二歩ばかり離れて、おどおどとなりゆきを見守っていた。——これはやくざではなさそうだった。

(あきんどだな)

少将は、みた。

江戸の富裕な商家のだんならしい。四十そこそこのくせに、色白な皮膚の下に、不潔なほどにたるんだ贅肉が、たっぷりと実っていた。目が小さかった。

きょときょとと、おちつきなく動いていた。

もうひとりは、商人の供の手代らしく、これはまだ若い。

(かいもか)

そうだろう。

遠州は、上州、甲州につぐばくち打ちの本場なのだ。

きっと、海道からわきへはいった森町のあたりにでも、大きな賭場がひらかれているにちがいなかった。

三人の代貸しふうの江戸やくざは、江戸から、ばくち好きのしろうとの招待客を、この海道わきのどこかで開かれている賭場へ送っていく途中なのだろう。

(――それで、この武士は?)

少将則近は、楽しそうに首をまわして、人がきのすきまから、武士をのぞいた。

武士は、背が低かった。

やせてもいた。

道中の日焼けで色が黒く、まつ毛の濃い目だけが、すさまじく光っていた。なにか昆虫に似ていた。

供を連れていないところをみると、上士ではなかろう。いかさま、薄ぐろく旅によごれた装束からみても、身分の低い武士らしく思われた。ただ、肩の落としよう、腰がまえ、目の据えざまからみて、尋常な腕の男ではない。

（おもしろいぞ）

と少将が期待したのは、ひょっとすると、この男の腕が、みごとな血の雨をふらすかもしれない、ということだった。

（しかし、――）

少将は、首をかしげた。

武士は怒りをおさえている。

が、石のようにだまったまま、すきがあれば逃げ出そうとしているのだ。

（妙だな）

少将は思った。

必要なら、たすけてやってもよいとおもいながら、江戸の商人の手代らしい男の背後に寄って行って、ぽんと肩をたたいた。

若者は、びくりとおびえたような目で、少将のほうをふりむいた。

「どうしたのかね」

少将は、あごを、武士と遊び人のほうへ振って尋ねた。

「へい」

手代は、ふるえた。しかし、少将の微笑に安堵したらしく、急に味方を得たような顔つきになって、わけを話した。

2

事情は、愚にもつかない。

よくあるけんかのたねなのだ。

江戸からきた一行と、江戸へくだる武士とがこの掛川の宿はずれですれちがった。

海道といっても、道はせまい。武士のむこうから、馬をひいて帰る馬子がきた。その馬子の横を、押しならんで、やくざ者の一行が歩いてきたのである。

通れなかった。

普通の旅びとなら、道わきへ身を寄せてかれらの通るのを待つところだろう。

武士は、かまわずに急ぎ足で進んで行った。

当然、そでがふれあう。が、どうしたはずみか、武士の肩が、やくざ者のひとりの肩に突きあたった。突きあてられたのかもしれない。

「ちょっと、お武家さん」

太ったやくざ者が、目を据えてふりむいたときは、武士は急ぎ足で通りぬけて行こうとしていた。

「ごあいさつがないのかね」

武士はふりむいて、

「突きあたったのはそちらだろう」

「これはおどろいた」

もうひとりのやくざが、衆をたのんだ者のもつおごりで、にやにやと笑いながら、

「道中ぼけをしてるんじゃねえのかなあ。この男は、おまえさんの骨ばった肩に当てら

れて」

突き当てられた男を指さしながら、

「肩がずきずきしているそうだ。おい、さぞ痛えだろうな」

「うん、痛え」

当てられた男が、大げさに顔をしかめた。男たちは、武士に因縁をつけてみることで、とくいのだんなにいい顔をしてみせようというのが魂胆なのだ。むろん、武士をあやまらせれば、やくざ仲間で手柄顔ができるという営業上の計算もあったのだろう。

「薬代とまではいわねえんだ。ひとつ、器用にあやまってもらおうじゃござんせんか」

「あやまる?」

武士のひたいに、青すじが浮かんだ。

「あやまることはない。こちらは、なにも突きあたってはいないのだ」

きまじめなたちらしい。ついうかうかと、武士はこの手合いにまじめに取り合ってしまったのだ。

「お武家でがしょう?」

ひとりが、あごを突き出して憎体にいった。

「お武家なら、あっさり、ごめん、とあやまりゃいいんだ。ところが、もう、ここまで因縁をつけられちゃあ、ただあやまってもらうだけじゃ済まねえよ」

「因縁をつけているのはそちらだろう」

武士は、顔に血のけをなくしていた。からだがふるえている。憤怒をおさえかねているのだ。

「こっちだと？　おどろいた。お武家のわりには、いいがかりはうめえもんだなあ」

「いったい、どうすればいいんだ」

武士は、口もとに、むりから笑った微笑をはりつかせた。

「あやまり方をご存じなけりゃ、教えてあげやしょう。――おい」

仲間のひとりをふりかえって、

「ご覧に入れてみな」

「おいきた」

いわれた男が、別の仲間に自分の振り分け荷物をあずけると、いきなり、地にひざをついて、ぺたりと土下座をし、

「突きあたり申した儀、まことに拙者の不覚にて、重々おわびつかまる」

る。

——少将が、この松並み木のそばにやってきたのは、ちょうどそのころだったのであ

別の仲間が、笑いながら、武士にむかっていった。

「——てなぐあいさ」

3

「それがいやなら、こっちのあいさつを受けてもらおうじゃねえか。——この道を」

やくざのひとりが、あごで森町へ行く別れ道を指さし、

「ほんのちょっとばかし、ご足労ねがやあ、格好な場所がある。どうだ」

(ほう、これだけ暴言をならべられても、抜かないのかな)

少将のほうが、みていてむしろ、いらいらするくらいだった。

武士は、こぶしをにぎり、からだを堅くして、相手をねめつけている。

(なにか、格別な事情でもあるのだろうか)

と思って、手代の肩をもう一度たたいてみた。

「なぜあの侍は抜かないのかね」

「抜く？」

手代は意外なことを聞いたようにおどろいて、少将を口をあけて見た。

「あのお武家さまが？」

「そうだ」

「それあ、お抜きにはなりますまいよ。侍が恥をうけて刀を抜くなんぞは、いまどき、絵草紙のうえだけでございます」

「そんなものかね」

れきとした藩の侍なら、うっかり公用の道中などで刀を抜けばたいへんだというのである。

ちかごろは、どの藩でも財政が窮迫していて、人減らしに躍起になっているのだ。藩士の俸禄をいっせいに半知（半額）に切りさげてしまった藩などはいいほうで、下級藩士に因果をふくめて逐次やめさせる方針をとっている家さえあるという。そういう藩でなくても、たいていの藩は、重役が目付を督励して藩士の落ち度をさがしては改易させてしまう。この場合も、町人を相手に刀を抜いたということが知れようものなら、藩の重役は、大よろこびで改易処分に付してしまうだろう。町人は、そういった。

やくざ者は、そのことを知っているのである。百に一つも刀を抜きっこないことを承知のうえで、無理難題を吹きかけているようだった。

武士は、怒りと屈辱のために、額からあぶら汗を流している。

（かわいそうに。きっと、妻子の顔を思いうかべているのだろうな）

抜けば、妻子を路頭に迷わせてしまうのである。

（人間として、こんりんざい、抜けまい）

少将は、同情しながらも、武士の値うちがこれほどまで下落したのかとあきれ、

（武家の世も、どうやらしまいだな）

京からの道中の間で、何度か思ったことを、あらためて思った。

「しかし。——なんでも聞くようだが」

少将は、手代に、

「あの遊び人のいうとおりに土下座してしまえばどうなるのかね」

「めっそうもござりませぬ」

手代は、さすがにうるさくなったのだろう。顔をしかめ、早口で、

「たいへんなことになりますです。武士としての体面を傷つけ、家名を損じたということで、切腹のうえ、家は改易になりましょう」

「なお悪いのか」

少将は驚いた。

武士道は絵草紙の上だけとはいえ、つごうのいい部分だけは生かされているのだ。

「これじゃ、武士がたまるまい」

「だんな様は、お武家様じゃないんで」

手代は、武士の格好をしているくせにこの程度の知識もない少将を、うさん臭げに見た。

「いやね」

少将はあわてて、

「わたしは親代々の浪人者なのだ。ちかごろの武家の世界にはうとい。――ところで、浪人者の気やすさで、ひとつ、このけんかをわたしが買ってみたらどうなる」

「およしなさいまし。たとえあの者どもを懲らしたところで、渡世者というのはしぶとうございます。あとから、どのような仕返しをかけてくるか、知れたものではございりませぬ」

「まあ、それはそのときのことにするさ」

少将は、のそりと前へ出た。

「おい」

呼ばれて、三人の遊び人が、ぎょっとふりむいた。

「へたな牛五郎役はよしたらどうだ。――そっちの神崎与五郎さんも」

少将は、武士のほうへ顔をむけて、

「いいかげんに立ち去るがいい。日が暮れかけている。あとの代役は、わたしがやってやろう」

武士は少将をみた。

ほっとした表情だったが、この醜態が藩にもれるのをおそれたらしく、まず少将の素姓をきいた。

「どなた様でござる」

「海野青之助という山城浪人だ。あんたのお名まえは聞くまい。さあ、代役がきまったんだ。さっさと花道から引っこんでもらおう」

「かたじけない」

「礼をいわれるほどのことじゃない」

「——お、おい」

横合いから、遊び人が口をだした。

「おめえは、どこの馬の骨なんだ」

「いま名をいったとおりだ。与五郎役はわたしが買いとったからせりふまわしには存分に気をつけてもらいたいもんだな」

「やる気か」

遊び人が、ぱっととびさがった。宮仕えの武士とはちがって、浪人者はだれに遠慮をする者も持っていないから、相手がわるいと用心したのだ。

「たたッ斬っちまえ」

「斬れるものならね」

少将は、落ちついていった。

「おい」

仲間のひとりが、ほかの仲間に目くばせした。その男が、一散に森町のほうへ駆けだした。加勢をたのみにいくつもりなのだろう。

「森の石松でもよびにいくのかね」

少将は、その背へ笑い声をあびせた。

「なにを──」

ひとりが、抜刀するなり、やにわに斬りつけてきた。やくざ者らしく、法も術もない剣法だった。少将はスイとさがって、刀をもつきき腕をとり、

「乱暴な」

「こいつ！」

やくざは、身をねじってのがれようとした。

「痛い」

叫んだときは、やくざ者のからだは大きく一回転して、道わきの田んぼのなかに落ちていた。

残ったひとりが、うしろから斬りつけたのを、同様きき腕をかかえてひざの下に組み敷いた。

少将の顔から微笑が消えた。さきほどのこの男の恫喝が、ひとごとながらよほど憎

かったのだ。少将の顔に、一瞬、残忍な表情がかすめた。口もとがゆがんだ。

　ぶ気味な音がした。

　男の顔が、土色に変わった。五体がぼろぎれのように少将のひざにたれさがり、呼吸をとめた。失神した。腕を折られたのである。

　少将は顔をあげた。

　いつもの表情にもどっていた。

（おや？）

　あきれたようにあたりをみた。武士がいなくなっているのは、それでよい。江戸の商人も手代も、いなくなっていたのである。少将の羅刹のような形相におどろいて、雲をかすみと逃げ散ってしまったのだろう。

（悪いことをしたな）

　少将は、つるりと顔をなで、ひざのうえの男を路上にほうりだして、薄暮のなかの松並み木を、ゆっくりと掛川宿のほうにむかって歩きだした。

いきさつというのはそんなものだったが、人間の縁というのは妙なものだ。若侍との縁は、それだけでは終わらなかった。

4

掛川宿の一つ先の新坂の宿場では、播州明石六万石松平但馬守のお国入りの行列の宿泊駅になったという。殿様と上士は本陣にとまるが、他の家士は旅籠に分宿するのだ。他の旅客は宿にあぶれ、掛川に入りこんでくるものが多かった。

当然、少将が宿泊したねじ金屋治郎右衛門方でも、客を収容しきれずに相宿にした。

「だれが来るのかね」

部屋におちついた少将に、旅籠の番頭がその旨をことわりにきた。

「お女中がよろしゅうございましょうか」

「女はごめんだな。わたしが妙な気を起こすと、先方のご迷惑になる」

「さようでございますか。では、お武家さまにいたしましょう」

なにか、仕出しの注文でもきいているような人扱いだった。その番頭に案内されてきたのが、たったいま、土間で足をすすいでいたその武士だったというわけなのである。

「ほう、これは」

少将は、きせるをおいて、微笑した。佩刀をさげてはいってきた武士は、しきいのところで棒立ちになった。当惑そうに少将を見ながら、はいろうか、はいるまいかと思案している様子だった。これ以上、少将と近づきになりたくなさそうな様子なのである。

（なるほど、武士というものはつらいものだな）

少将は、あきれたような面持ちで、

「まあ、おはいりなさい。できたことはしかたのないものだ。わたしはだれにもいわない。あなたのお名まえもきかない。それでもお邪魔なら、わたしをでくだとおもって、口をきかなければいい」

「ご無礼つかまつる」

やっと決心がついたのか、武士ははいってきて、部屋のすみに荷物をおろした。

「あすは、お早いのですかな」

少将がいった。

武士は、堅い表情をしたまま、もぞもぞと荷物を整理している。

「お耳が、すこしお遠いのか」

「わたしはしゃべりたくないのです」

横顔をむけたままいった。

「いや」

少将は、いたましそうに相手をみて、

「すこし、しゃべったほうがいいかもしれない。人間、だまりすぎたあとは、ときどき、とんでもない行動をしでかすものだ」

「……」

武士は、自分で押し入れからふとんをとりだすと、だまって延べ、ひっそりと寝た。

「ゆうげは？」

「……」

だまっている。食べたくないのだろう。

少将は、運ばれてきた膳部の上を平らげおわると、下女に床をとらせて、あんどんの灯を消した。

暗いなかで、少将はしばらく寝入らなかった。

武士も寝つかれないらしく、ときどきため息をもらしたり、寝返りを打ったりしている様子だったが、やがて少将はうとうと寝入ってしまった。

どれだけ眠ったかは知らない。武士が起きあがる気配に、少将は目をさました。

月がさしこんでいるのだろう。部屋のなかは明るくなっていた。

（どこへ？）

武士が、出かける様子なのだ。

「お立ちかね」

武士は、はっとして息をひそめた。やがて何かを決心したらしく、

「お人がらと見受けします。なにとぞ、今日のことはお忘れくだされたい」

「どこへまいられる」

「夜道を歩きます」

「うそだろう」

「……」

「わたしも、行ってあげてもよい」

少将は、武士の魂胆がわかったのだ。

「お断わりします」

武士がいうのを少将はとりあわず、起きあがって着物をきた。

「出よう」

少将は佩刀をとって、先に部屋を出た。

5

武士は、昼間、宿場役人の手にかかることをおそれたがために、ああまで隠忍したのだが、床にはいってからこの屈辱のままでいることが耐えがたくなったのだろう。夜中、隠密に行動すれば宿場役人の目にふれずに済む。主家にも知れずに済むと計算したに相違ないのである。

(武士という稼業も、並みたいていなものではない)

少将は、そこまで身の保全に細かい知恵を働かさねばならぬ武士というものが、哀れになっていた。

「はて、相手の居どころをご存じなのか」

宿場を西に歩きながら、少将はたずねた。

「なんでも、御池という在所の庄屋の家にとまっているそうです」

「踏みこむわけだな」

「呼び出します」

「こてを切るがいい」

「はあ？」

「殺せば、いくら相手が遊び人でも、せんぎが小うるさくなるだろう。――それに、存分にやれば、すぐ逃げることだ」

「あ」

武士が、立ちどまった。前のほうから十数人のちょうちんがみえるのだ。

「あれは？」

武士は、勘のするどい男だった。さっきの遊び人が加勢をつれて宿場へ乗りこんでくるものとみたらしく、すぐ道わきの松に身を寄せた。

「そうかもしれないな。しかし、そうだとすると、あの連中が復讐をしようと思っている相手はわたしなのだ」

「どうします」

「あんたは、この松の陰でかくれているがいい。この場所から昼間の相手だけを見定めて、じゅうぶんに始末をしてもらうことだ」

少将は、街道のまん中に突ったって彼らの近づくのを待った。

数間さきまできて、ちょうちんの一団は、少将の影に気づいたらしく、いっせいに立ちどまった。

「わたしだ」

少将は腕組みを解いて、ゆっくりと近づいて行った。

「旅籠までおいでねがうのもどうかと思い、宿はずれまで出迎えていた。さて、ゆるりと、ごあいさつを承ろう。——ちっ」

つぶてが、少将のほおをかすめたのを合図に、砂の目つぶしがばらばらと飛んできた。

人数は、十四、五人。

はしごをもつ者もいた。

とびぐち。竹やり。

さすまたを持つ者さえいる。得物をもつ者は、どれもこれもぎょうぎょうしいけんかじたくに身をかためていた。

「おい、浪人」

中央に立っている男が進み出た。

「昼間の礼だ。受けてみろ」

ちょうちんがいっせいに地にたたきつけられて、踏みにじられた。

(やくざは、やくざでしかない)

少将は、闇のなかで笑った。街道の道幅はせますぎるのだ。いくら人数を動かしても、四人いっしょに打ちかかることは不可能なのである。

「ああ、おまえたちだったな」

少将は、先頭のふたりを、月の光に透かしてみていった。ふたりは左右をさすまたとびぐちに守られながら進み出た。

「それっ」

どっとわめきあげて少将に殺到したのと、闇の中に血のにおいが立つのとが同時だった。

「ぎゃっ」

かれらの間に、ふと舞いおりたような黒い鳥に似た影が、ひょいひょいと真綿を踏むように二度ばかりとんだ。

（みごとな腕だな）

少将は、驚嘆した。

黒い鳥がとびさがったとき、肩さきから右腕を斬り落とされて、地をのたうっているふたりの男を残した。

「ごめん」

黒い鳥は少将に一礼すると、いちもくさんに海道を東へ駆けだした。この不祥の現場からちょっとでも遠のきたいという必死な足音だった。

（走れ。走らねば妻子が飢えるぞ）

少将が拍手でも送りたいような気持ちでふりむいたとき、白刃が落ちてきた。無意識に抜き打った一刀が、相手のからだから斬を握ったままの腕を空高く斬りあげていた。

興津の女

1

このところ、ひばりの声をきくのが毎日といっていい。風もなかった。海道は、快晴の日がつづいていた。

島田宿

鞠子宿

と泊まりをかさねて、興津(おきつ)の宿にはいったときは、めずらしく、まだ日が高かった。

少将は、清水屋治右衛門方に宿をとり、部屋をきめたあと、ぶらりと外へ出た。この宿には、名刹がある。清見寺という。

寺域にはいると、どういう種類なのか、おそ咲きの桜が、まだ花を残していた。花の枝に、灰色の小鳥が一羽おりている。のどのまわりにある淡紅色の羽毛が、夕ばえのなかであざやかにかがやいていた。鶯ではないか。

寺域から南に見おろすと、海と空の風景のなかに、三保の松原がみえた。京の公家が愛しつづけてきた歌の名所なのである。

少将則近は公家とはいえ、幼いころから武術ばかりに凝って、いっこうに歌ごころがなかったから、

「ああ、あれが三保の松原なのか」

ばくぜんとながめ、すぐ目をそらして寺域をおりようと思った。そのとき、うしろで人の気配がした。ふりむくと、女だった。

武家の娘らしい。旅装束のままだったが、つえをもっていないところをみると、少将と同じように、早く宿場に着いたために、日のあるうちにこのあたりを見物しにやってきたのだろう。

「松原をご覧になるなら、この場所がいい」

少将は、声をかけた。

女は横顔をみせたまま、足もとの風景に目を伏せていたが、はっと少将を見あげた。ほおを染めた。目が大きく、形のいいくちびるの肉が、やや厚手だった。まゆがうすい。多情な女かもしれなかった。

「いえ。ここでよろしゅうございます」

女は、細い松のそばを離れなかった。

「では、わたしは失礼しよう」

少将は場所を離れた。すれちがうとき、女を見た。

女と視線が合ったとき、どういうわけか、心もとなげですがりつくような目つきをした。しかし、すぐ長いまつ毛を伏せた。少将は、数歩おりてから、ふとうしろを見た。

女は、もとの場所にたたずんでいた。長く伸びた影が、なんとなくもの寂しげだった。

2

縁がつく、という。そういう日がある。少将と女の場合がそうだった。旅籠清水屋治右衛門方にもどると、帳場が、客がたてこんでいるから、相宿をしてくれという。だれだ、ときくと、どうやらその女らしかった。

番頭が連れてはいってきたとき、

「ああ、あんただったのか」

少将は、われながらまのぬけた声を出した。それが、女をいくぶんか安心させたのかもしれない。うつむいたまま、「くすッ」と娘らしく忍び笑ってみせて、頭をさげた。

「よろしくお願いいたします」

「ああ。わたしのほうこそ」

やがて、女中が低いびょうぶを持ってきて、ふたりに間仕切りを作った。

(相宿とは、かえって無粋なものだな)

少将は、芝居絵をはった古びた間仕切りのびょうぶをながめながら、苦笑した。

「酒」

少将は、膳部を持って廊下を通りかかった下女に声をかけた。よほど旅籠がたてこんでいるのだ。下女は聞こえないふりをして、横顔を見せたまま通りすぎた。

「困った」

少将は、打った手のやり場をなくして、所在なげにあごをなでたとき、

「あのう……」

女が、びょうぶのはしをくつろげて、手をついていた。

「わたくしが、お台所からとってまいりましょうか」

少将はおどろいて、

「いいんです。あなたを下女代わりに使っては申しわけない」

「いえ。よろしいんです」

いい捨てるようにして、女はきびきびと立ちあがり、部屋を出ていった。

下女がゆうげの膳部を運んできてから、入れちがいに女がもどってきて、その膳部のうえにとくりを載せてくれた。とくりを置く女の白い手を見ながら、

「あなたも、ここで召しあがったらどうです」

「ありがとうございます。せっかくでございますが、わたくしは、お先にお湯をいただきとうございますから」

女はびょうぶのむこうへかくれた。身じまいをしているらしく、帯やひもを解く気配がしていたが、やがてびょうぶかげから、

「このままで、お声をかけてよろしゅうございますか」

「ご丁重なことだ。しかしこんな旅先の宿で、辞儀はいらぬことだ」

「では、もし、わたくしをたずねて、江戸から人がまいりましても、そのような者はおらぬと答えていただきとうございます」

「帳場にはいってあるのですか」

「いえ。宿帳には偽名を使いましたゆえ、追っ手は」

「追っ手？」

少将は、おどろいてみせた。

「はい。追っ手は宿帳を信じはいたしますまい。そのまま宿役人などを連れて部屋にあがってまいりましても、よろしくご応対おねがいいたします」

「どんな事情かは知らないが、あなたのいうとおりにしよう」

「ありがとうございます」

女は出ていった。

（江戸の旗本の娘だな）

ことばつき、挙措からみてそれとにらんだが、旗本ならいくら小身の家の娘でも、道中に供をつれぬということはあるまい。

（どういう事情のある女だろう）

女がもどってきた。

少将は、くすっと笑って、

「残念ながら、追っ手は来なかったようだ」

「さようでございますか」

びょうぶかげから、女がきまじめに答えた。しばらくして、びょうぶのすそがすっと畳の上を走って女がのぞいた。

「ご遠慮なく」

少将がいった。

「すこしお話をさせていただいて、よろしゅうございますか」

「ああ、こちらはぶりょうで困じている」

少将はわらってみせてやった。湯あがりの化粧をすませた女は、目のさめるほど美しかった。杯ごしに女を見て、

「お名まえは」

「偽名でよろしゅうございますか」

「正直なおかただ」

「露と申します。あなた様は？」

「わたしも偽名でな。偽名同士が相宿とは奇妙なまわりあわせだ。偽名のよしみで、立

ち入ったことを聞くようだが、さきほど、追っ手といわれたな」

「そのことでございます」

女は、顔をあげ、ひたひたとまつ毛をまたたかせながら少将を見つめた。

「あなた様を最初にお見かけしたときから、これは信頼のできるおかただ、と思いました。おすがりしてよろしゅうございましょうか」

「かまわないが」

少将がいった。

「命のあぶないのはごめんだよ」

「うそ」

女は、もう少将のふところに飛びこんでしまったような、なれなれしい舌ざわりで、

「うそでございましょう。おびんのあたりにずいぶんとお面ずれのあとがあるようにお見受けいたしますけど」

「ちょっと」

少将は、ややあわて気味に杯を伏せた。

「あなたは、まさか雅客ではあるまいな」

「雅客？」

女は、不審そうにくちびるをあけた。

「なんのことでしょう」

「いや、安堵した。知らなければいい。狐狸妖怪のたぐいと思えばいいだろう。——ところで」

少将は、ゆっくり杯をとりあげ、

「あなたの話をきいてみよう」

少将は、ひざをくつろげた。

3

「わたくしの兄は、江戸麻布に屋敷をいただく三百石の旗本で、若いころの放蕩がたたったためか、まだ小普請組なのでございます」

「名は」

「申せませぬ」

「偽名でもよい」

「土屋多聞とでもいたしておきます」

女の語るところでは、旗本小普請組三百石の土屋多聞は、ちかごろ、家計の不如意と遊興費をかせぎだすために、奇妙な商売をはじめたというのだ。

女の説明をききながら、少将は武家の社会がよくわからないままに、

「ははあ、親類屋だな」

と、妙なはんじょうを入れて、ひとりうなずいた。

「親類屋？」

女は、小くびをかしげた。

「わたしはしばらく商いの本場の大坂にいたが、あの土地でもそういううまい商売はなかった」

「親類屋とはひどうございます」

女は、泣きだしそうな表情でいった。やはり、悪い兄でも他人からそういわれると、女は悲しくなるのだろう。

「悪かったかな」

少将はそういったが、事実、土屋多聞は親類屋には相違ないのだ。

いまにはじまったわけでもないが、江戸の旗本ご家人の窮迫は、ちかごろいよいよひどくなっている。

先祖代々の直参の家を、町人に売り渡してしまう者も多い。

たとえば、二十俵三人扶持のご家人の家があるとする。そのご家人株を売る場合、まさか公然とは売れないから、買い手の町人を養子に入れて相続させるのだ。売り渡したほうは、組頭に隠居届を出して、屋敷を立ちのいてしまうのである。

直参の者からみれば、屋敷と家禄と家系を売り渡すことによって、四、五百両の金が一時にはいる魅力があった。買うほうの町人側からすれば、ご家人になってしまえば遊んでいてもとがめはないし、かってなことをしても大公儀直参ということで済む。富裕な商家で、商いもできぬ無能な子ができたときは、ご家人株や同心株を買って武士にしてしまうのが、まるで流行のようになっていた。

ところが、この株の売買には、多少の技術がいった。町人と武家の養子縁組みはできないというはっとが、江戸開幕以来、厳と存在していたからである。

やむなく、町人側は、第三者の直参の家の親類書の端に、こっそりと名を載せておいてもらう。その家の者として、買いとった家の養子にはいっていくしくみだ。

むろん、こういう縁組みは、露見すれば売買の当事者だけでなく、親類書を偽造した者も切腹もしくは打ち首になる。

商いは、危険を冒さなければ利潤はうまれてこない。自然、首を承知のうえで親類書を偽造する直参の武士も出てきた。三百石小普請組土屋多聞もそのうちのひとりなのだ。

「いったい、いくらぐらい取るのだろう」

少将は、興ぶかげに聞いた。

「兄は、一件について二十両いただいております」

「高いなあ」

少将は、自分が払うような顔で、口をあけた。手間といえば、組頭にとどけてある親類書に、こっそり町人の名を武家ふうに書き足しておくだけのことではないか。

「いいえ。高うはございませぬ」

娘は、心外な、といった顔をした。

「もし、組頭にもれ、大目付のお耳にでもはいれば、切腹はまぬがれませぬ。命がけでございます」

「なるほど、武士らしい話だ」

「おからかいでございますか」

「いや、さすが公儀直参らしく、商いをするにしても命を張っていると思ったのだ」

「もう申しませぬ」

女は、すねた。

「続けてくれ。わたしはそういう勇ましい武門の話をきくのが大好きなのだ」

「しかたがございません」

女は、からかわれていると知りながら、ひととおりは話さねばならぬ必要があるようだった。それに、どうやら少将の人がらを信じきっている様子でもあった。

「そのうち、商いが——いえ、町家から頼まれることが多くなって、土屋家の親類書に書き込むだけでは足りなくなったのでございます」

「繁盛でけっこうだな」

「ほうぼうの旗本の家に手をまわして、頼まれた町人の名を、他家の親類書に書きこんでもらいます」

「その場合は、周旋料かな」

「はい。五両でございます」

「高い」

「高うはございませぬ」

「露見すれば、切腹というわけで？」

「さようでございます」

「それで？」

少将は、とくりをとりあげて独酌した。女は杯にみちていく酒を見つめながら、

「それだけなら、まだよかったのでございますけど」

「どうしたのだ」

「兄が、放蕩をやめたのでございます」

「けっこうではないか」

「いいえ。けっこうではございませぬ。兄が、町人からもらう金子を手文庫にしまっておりますうちに、金子をためることに執着をもちはじめたのでございます。小判が、手文庫にふたつ、びっしりと満ちました。このうえは、手文庫を、三つにも四つにもふや

したい気持ちがおこってまいったのでございます」

「なるほど」

「しかし、ふやすには、尋常のことではまいりませぬ」

「高利へまわしたのか」

「ちがいます。人のお世話をするよりも、いっそ、自分自身の旗本株を売って、一挙に金子を手に入れようと思ったのでございます」

「タコの商いか」

「え？」

「タコが、自分自身でさかな屋へ出かけていって、店先で身を横たえるようなものだな。元も子もなくなる」

「いえ。お金は残ります」

「旗本三百石の家がらで、ざっと、いくらがとこだろう」

「二千両でございます」

「ほう」

少将は、目をみはった。

見はった目じりがさがりはじめ、やがて少将の顔がくずれた。腹をかかえて笑いはじめたのだ。

「なんでございますか」

武家娘が、きっとなっていった。

「いや、別だ。べつのことを思いだしておかしかったのだ」

じつをいえば、少将も大坂道修町の仙女円の本舗小西屋総右衛門方に、養子名目で売られたことがあるのだ。そのとき、仲介人の百済ノ門兵衛が持ってきた支度金が一万両だった。当時、高野家では家督をついだ兄が健在だったから、少将は位階も官位もない次男坊にすぎなかった。素のままの公家ッ子の値が一万両だから、家禄家名いっさいを売り渡しての二千両とくらべると、ずいぶん条件がいい。

(やはり、旗本より公家のほうが市価がいいのかな)

そう思うと、おかしみとばかばかしさがこみあげてきて、不意にふきだしてしまったというわけなのである。

「まあ、そんなところだ」

「なにがでございますか」

女は、少将の頭の中までわからないから、きょとんとしている。

「いや、こっちだけのことさ。——ところで、本題だ。あんたはさきほど、追っ手、といったようだが、どうかしたのかね」

と、少将はごまかした。

「逃げたのでございます」

「逃げた？　あんたが」

容易ならぬことをいう。

「じつを申せば、家禄家名のいっさいを売り渡すといっても、わたくしを付けてのうえなのでございます。養子に来るという先方は、日本橋で呉服商を営みます越後屋六兵衛方の隠居で」

「隠居？」。

「はい。ことし、六十一歳になるそうでございます」

「それが、あなたのお婿さんなのかね」

少将は、娘をみた。

女は悲しげに目を伏せた。

「それはたいへんだ。多聞とやらいう兄も、越後六のほうでも、いまごろ大騒ぎをしているだろう」

「いいえ、騒げませぬ。騒いでこんな不始末が公儀にもれましたら、兄は切腹、町人は打ち首、土屋家はお取りつぶしでございます」

「知ってのうえか。すこし、ずるい」

「やむをえませぬ」

「どこへ逃げる」

「大坂で石奉行を勤めております母方のおじを頼ります」

「いいだろう。大坂でしばらく潜伏しておれば、こんなばかばかしい世が終わるかもしれない」

「ほんとうでございましょうか」

「わたしは知らないがね」

少将は、あんどんのほかげで、鼻毛をひとつ抜いた。

4

旅籠が寝しずまろうとしている刻限になって、部屋の外の廊下が騒がしくなった。

だれかが無理無体に部屋にはいろうというのを番頭が押しとどめているらしく、しきりにいい争う声がきこえた。

「お女中」

少将は、床の上に起きあがって、びょうぶのむこうへ声をかけた。

「はい」

女はすでに起きているらしく、おちついた声で、

「兄と、越後六の隠居らしゅうございます」

「わたしの床へはいるがいい」

「えっ」

「びょうぶも、はずしてしまうことだ。あなたとわたしが夫婦になってしまえば、事は容易になる」

女は飛びおきるようにして、少将の床の中にはいってきた。

少将は、女をやさしく抱いてやった。女は冷えたからだをかがめ、少将の胸に顔をうずめながら、

「一夜だけでございますか？」

と小さくいった。

「ああ、一夜だけだ。一夜だけだが、男女というものは、いつも、一夜に、生涯を満たすだけのしあわせをかけねばならない」

「兄をあざむくためなのでございますね？」

女というものは奇妙なものだ、と少将はおもった。単なる偽瞞とわかっていながらも、相手の真情をたしかめてみたいふしぎな衝動を感ずるものらしい。

少将は、返事のかわりにそっと力をこめて女を抱き、すぐ手を放して、床の上に起きあがった。

「おい」

障子の外に、声をかけた。

「はいりたければ、はいってもらうことだ。そこで騒がれては、ご近所の迷惑だろう」

少将は、刀を引きよせて、まくらもとであぐらをかいた。女は、ふとんに顔をうずめ

たまま、からだをちぢめて伏せている。

「おのれ」

　ころがるようにはいってきた背の低い武士と町家の隠居ふうの老人は、部屋の中の光景を見て、棒立ちになった。

「わたしは、山城の浪人で猪川寅太郎という者だが、われわれ夫婦になんぞ用があるのか」

「夫婦？」

　武士が口ごもって、疑わしそうに寝ている女のほうを見た。見ている目が、かっとひらいた。兄妹なのだ。ふとんをかぶっていても、その女が妹であることが、なんとなくわかるのだろう。

「これは、百合ではないか」

（なるほど、百合という名なのだな）

　少将は苦笑しながら、

「ああ、わたしの妻はたしかそんな名だが、名まえに苦情があるのかね。それとも、わたしと百合とが夫婦であることに不服でもあるのか」

「姦婦」

背の低い旗本がほえた。越後六から、すでに金をもらっている。うしろに控えている隠居のてまえだけでも、この場はほえざるをえないのだろう。

「姦夫のほうは、こっちだ」

少将は、くすくす笑った。

「姦夫姦婦を成敗するしおきは、旗本三百石の家長であるおてまえの手ににぎられている。どうだ、わたしが成敗できるものなら、存分にしてもらおうではないか」

「あらがうつもりか」

武士は、おびえた目を、少将にむけた。

「ああ、あらがう」

少将は、佩刀のこじりをとんと突いて、

「おてまえが相手か。それともそちらのお婿君が相手なのか。――なあ、越後六のご隠居」

「へい」

隠居は、飛びあがるようにして返事をすると、ぺこぺこと頭をさげた。

「わたくしめがお相手ではございませぬ。それは、こっちの」

隠居は、にくにくしげに、偽名土屋多聞のほうをやせたあごで指さし、

「お旗本のほうじゃ」

「わしが？」

土屋多聞は、追いつめられたような目つきをして、おびえた。いまの多聞ほどの苦境を、おそらくこの時代のどの武士もなめたことはあるまい。家禄家名を妹付きで売り渡して金は受けとったものの、かんじんの妹が、見も知らぬ上方なまりの浪人と野合しているばかりか、その浪人のために逆にこちらが恫喝されているのである。窮したあまり、ついに、

「宿役人をよぶ」

と叫んだ。

「いいだろう。そのかわり、商いが露見して、おてまえは切腹、そちらのご隠居は小塚原でさらし首だ。それでは、武士が立つまい」

「うむ、武士が立たぬわ」

多聞は、かっこうのせりふを思いついて、勢いよくがなりたてた。

「そう。武士が立たぬ。わたしも武士のはしくれだから、それがわかるのだ。武士らしく、果たし合いをしよう」

「果たし合い？　盗人たけだけしいことだ」

「べつにたけだけしくはあるまい。明朝、日の出の四半刻まえに、ちょうちんをつけて三保の松原に出ていてもらおう。それまでは、すまないがこの部屋を引きとってくれまいか。やかましくて寝られやしない」

「妹を連れていく」

「宿役人をよぶがよいか」

こんどは、少将のほうが役人をおどしに使う番だった。

5

少将は、寝た。

女はねむらなかった。

女の身動きに少将が目をさましたとき、百合という女は、熱い手で少将の膚に触れていた。

「妻でございますもの」

　女は、聞きとれぬほどの低声でいい、身もだえをしながら、すこしずつからだをひらいた。

「よいのか」

「あなた様のお名を伺いとうございます」

「聞いたところで、しかたがあるまい。淡い縁を」

「あわいご縁ではございませぬ。一夜とはいえ、わたくしの夫になっていただいたお人でございますのに」

「わたしは、三保の松原に出むかねばならない。そなたも、そうそうに身じたくをして大坂にたつがよかろう。名は旅籠の前で別れるときに告げよう。それでよいか」

「はい」

　女は少将の胸の中ではげしくうなずいた。

「奇妙な縁だな」

　少将がつぶやいたとき、女は答えなかった。忍び泣きの声をもらすまいと必死に耐えていたのだろう。

翌朝、少将は三保の松原へ出た。日が、海から離れきるまでそのあたりを歩いたが、ついに人影を見なかった。

(武士の世もしまいだな)

少将は思いながら、海を離れていく壮大な日の出の風景をいつまでも見た。女も、西へのぼる道中のどこかで、この日の出を別な感慨で見てたたずんでいることだろう。

殺人刀

1

興津を出てしばらくいくと、少将は、うしろから来る人の気配に気づいた。相変わらず海道の空はあかるい。人影は、スイと少将の横を追い越すとき、

「お先に」

と会釈した。鳥追い女だった。笠をかぶっているから、顔はわからない。紅緒（べにお）の食い入っているあごが白かった。鳥追いのもつ三味線のさおに、ひる前の日が光っていた。

「ああ」

少将は、答礼してやった。すれちがった町人があきれた顔つきをした。鳥追いに答礼するばかがどこにあるだろう、そんな目だった。鳥追いというのは、常人ではない。非人なのである。道を追い越すときには、武士はおろか、百姓町人にさえも腰をかがめて通らねばならなかった。鳥追いだけではない。能役者をのぞいた諸芸人は、すべて

常人の籍からはずされていた。歌舞伎役者でさえも、京の堂上方や将軍などに召されたことのある者とその周辺の者のほかは、非人頭の支配をうけさせられていた時代なのである。

少将は、代々京に閉じこめられたまま三百年を送り暮らさせられてきた公家だから、徳川氏が私製した人間の上下のしきたりには、ほとんど無知だった。

むしろ、正直なところ、鳥追い笠のかげからこぼれたあごの白さに、蕩心をさえそそられた。

（いい娘だな）

紅緒をつけた白いたびが、海道のほこりにもまみれずに前を歩いていく。ほのかに、けなげな思いがした。

坂にさしかかっていた。

富士がみえた。

名にしおう薩埵富士なのである。白装の影を、清見潟に沈めていた。

道がせまかった。岩を砕いて切り通されたこの道は、半歩右へ寄れば、千仭のがけが海にむかって落ちこんでいた。この峠は、海道第一の難所といわれる。名を薩埵峠という。

十歩いくたびに、道がまがった。何度か曲がるうちに、少将は鳥追い女を見失った。

(どこへ行ったのだろう)

左手は、岩盤が屹立している。岩の破れめのところどころに、潮風に耐えぬいた磯馴松ががんこな根を張っていた。一筋の道が、ほそぼそとつづく。どうみても、女が、姿をかくせる余地はなさそうであった。

少将は、薩埵峠の頂に立った。目の下の清見潟から吹きあげる風が、ときどき不意に風の向きを変えた。松の枝をつかんで汗をぬぐわなければ、足をとられて断崖から落ちこむ危険さえあった。

少将は、断崖へ突き出した岩を踏んで、富士をながめている。手もとに、松はなかった。不意に、うしろで、女の含み笑う声がわいた。

「用か」

少将がふりむいたとき、岩に当たった風が、小びんの毛を海のほうへかきあげた。

——鳥追いが立っていた。顔は、笠でわからない。笠の編み目から、少将をまぶしそうにあおぎながら、

「岩の上から富士見とは、ご風雅でいらっしゃいますね」

「――?」

少将はふりかえり、万一に備えて、ゆっくり岩の上に腰をおろした。はるか下のほうで波のさわぐ音がした。

「こうして」

と女は三味線を持ちなおし、片手でさおをにぎって胴を少将のほうへむけ、

「背を押して差しあげようと思いましたけれど、おかわいそうでございますから、やめにいたしました。お礼をいっていただきます」

「千織だね」

少将は、笠のなかの顔をじっと見つめた。

「やっとお気づきでございましたか」

女は、笠をあげて笑顔をみせた。

雅客の首領であり、三州刈谷二万三千石の領主土井美濃守の息女千織であった。

「あの節は――」

ちらりと、目もとをいたずらっぽく微笑でかげらせて、

「お逃げなさいましたけど、もうこの先は千織はおそばを離れませぬ」

「離れたら？」

「お離れになるときは、千織が冥土とやらにお送り申しあげるときだけでございます」

「いつもながら、物騒なことをいうお人だ」

「高野少将さま」

「なにかね」

「やはり、江戸へおはいりになるおつもりでございますか」

「はいるだろう」

「ひとごとみたい」

異様なほどまつ毛の濃い女の目が、少将を見つめたままわらった。

「ひとごとさ」

「まあ、なぜでございましょう」

「あなたが、いまいった」

「まあ、なんと？」

「冥土へ送る、といったじゃないか。わたしの心は江戸へはいりたがっているが、わたしのからだは、冥土へ連れて行かれるか、このまえのように、はいりたくもない座敷牢に入れられるかもしれない。まあ、半分ひとまかせのようなものだ」

「それについては、何度も申しあげておいたつもりでございますわ。千織の口が、くたびれましたくらい」

「はて。どういうことだったかな」

「また?」

「いってもらおうか。わたしは、すこし鈍なところがあるのだ」

「江戸へおはいりあそばすな」

「江戸へねえ」

少将則近は、あごをなでた。

「このまま、京師へもどっていただきます。さもないと」

「まろを、いや、わたしを殺めるのだろう。そんなに公儀がわたしを江戸へ入れたくなければ、公然と捕吏を差しむけるがよいと思うが、どうか」

少将は、ちょっときびしい目をした。

「残念ながら、安政のころとはご時世がちがうようでございます」

女は、井伊直弼が、幕府に対する不穏の運動家たちを捕えたいわゆる安政の大獄のことをいっているのだった。

「いかにご身分を秘しての御微行とは申せ、天下の公道で京の堂上方をお捕え申したとあっては、さなきだに事をうかがっている西国の諸藩や、不逞浪人たちが承知いたしますまい」

「だから、ひそかに討つのか」

「余人にはさせませぬ。千織が手におかけいたします」

女の濃いまつ毛がそよぎ、微笑が消えた。微笑にかわって、ほおに血がさしのぼってきた。

「千織は、則近さまが好きでございます。千織は、いくつまで生きるか存じませぬが、生涯でただひとりいとおしく思うた殿方になるかもしれませぬ」

少将は、たもとの下の海へ目をおとした。白い波がしらの騒ぎが、ひときわ強まってきたようであった。

「だからこそ、千織の手で、則近さまを討ちとうございます。――お血を」

「うむ？」

「則近さまのおからだから流れるお血を、千織は手をぬらしてながめたい」

千織は、皮膚のやぶれるほどのつよさで、くちびるをかんだ。まばたきをせぬ日が、かわききって則近を見つめていた。ほおが、いまにも血をふきだしそうに赤かった。奇妙な女だ。からだが、ふるえているようだった。

「則近さま」

千織の手が、則近のひざにふれた。おどろくほど冷たい感触を、そのてのひらは伝えた。則近は、なんという女だろう、とおもいながら、その死人のような冷たさに、じっと耐えた。

「千織を抱いてくださいますか。千織を、あわれとおぼしめしませぬか。そして、京へおもどりくださいませぬか」

「いやだな。わたしは」

少将は、ぼそりと答え、岩から腰をあげて、路上にとびおりて、

「お先に行くよ」

いい捨てたまま、少将則近は、ようやく下り坂になりはじめた峠道を、ゆっくりとくだりはじめた。

2

「おてまえのことは、きいている」

すえた汗のにおいとともに、編み笠をかたむけた浪人が、道中をいく少将のそばへ寄ってきたのは、薩埵峠をおりて蒲原の宿の町並みが見え始めたころであった。

「わたしは、尾州脱藩浪士舘林千十郎という」

低い、聞きとれぬほどの声だ。

「おてまえも、この道を」

浪人は、指の関節で自分の刀のつかをこつこつとたたいて、

「たしなまれるほどなら、拙者の名をどこぞで聞いておられるはずだ」

「はて」

少将は、かぶり物もとらずに話しかけてきたこのうろんな男を、じろりとみて、

（舘林千十郎……）

しばらく黙ったまま歩いていたが、やがて、

（ああ、あの山犬か）

と、その男の名と異名の記憶をさぐりあてた。

「ご用は何かね」

「おてまえと、立ち合ってみたい」

「立ち合う?」

少将は、むこうの空へ目を向けたまま、

「やぶから棒でよく事情はわからないが、そのほうは、わたしの名を存じているのか」

「あなた様は、右近衛少将高野則近さまにおわそう」

「……」

少将は、だまって歩いている。浪人は、一語一語区切るようないい方で、低く、

「ただし、拙者のほうは、旅のただの素浪人としてあなた様をみる」

「山犬」

少将は、この男を、異名でよんだ。

「おお、その名をご存じなのか。これは、話がたやすい」

「だれぞに、金をもらったわけだな」

「いかにも」

浪人はあごをあげて答え、しばらくだまってから、かわいた笑いをあげた。

「いかにも、そのとおりだ。拙者は山犬でございますからな。ただし、こんどの仕事は、多少別の含みもある」

舘林千十郎という男の名は、京にあつまってくるいわゆる勤王倒幕の志士の間で、知らぬ者はない。

もとは、尾州家の足軽の家にうまれ、剣を藩指南役新陰流兵法十九世の柳生厳周の道場でまなんだと、少将はきいている。二十一歳のとき、尾州を脱藩して、京へ走った。

天下の風雲をのぞんで京へのぼってくる諸藩浪士の数はおびただしい。近ごろは流行の観さえあったから、千十郎が尾州を退散したことは別にめずらしくもない。

もともと、舘林千十郎は、厳周の道場では、異常とおもわれるほど精励した。足軽の子が、上士や平士の子弟と差別なくあつかわれるのは、武芸の場だけなのである。千十郎には天分があったのだろう。二十歳のころには、ゆうに免許以上の腕に達し、師範代以下で、千十郎に三本のうち一本でも取れる者は、数えるほどもいなくなっていた。

「どうだ」

千十郎は、慢心する一方、

「これほどの腕でも、足軽は足軽なのか」

と、はげしく不満をおぼえた。いかに能力があっても、現在の身分から自分が引きあげられるなどは、奇跡を待つようなものだった。千十郎は欝屈した。藩の上士の子弟と立ちあうときには、かれの太刀さばきが異常に鋭くなった。気合いの声まで変わった。泣くような声で叫ぶのだ。

「どうじゃあ！」

悲鳴とともに打ち込まれた相手は、敗北感のほかに千十郎をはげしく憎悪した。腕があがればあがるほど、かれの評判はわるくなった。

千十郎は、東海第一の大道場である厳周の道場で実力ではゆうに十人のなかにはいったが、免許を得ることができなかった。免許をとれば、朋輩へ披露するための酒肴代がいる。千十郎の家計ではそれがつらくはあったが、調達の道がないわけでもなかった。かれは、それとなく、親しい師範代に自分の気持ちを伝えてみた。

師範代から千十郎の希望をきいた柳生厳周は、吐きすてるようにいったというのである。

「あの男が免許？　おこな。あのままでは、生涯道場に通っても免許はむずかしかろうぞ」

ただ巧緻なだけの剣なら、手筋のいい者ならすぐある水準にまでは至れる。千十郎の兵法には思想がない、という意味のことを、厳周はいった。思想がなくて技量だけ上達すれば、剣は暴剣になるしかあるまい、ともいった。

厳周のことばが、後日、千十郎の耳にはいった。千十郎は、恨みを含んだ。厳周の理由は遁辞にすぎないと思ったのである。

「おれが、足軽だからだ」

その証拠に、上士の門弟の中で、自分よりも腕のおとる者がとっくに免許を得ているではないか。

千十郎は、道場をひいた。道場をひけば、退屈でなんの希望もない足軽の生活が待っているにすぎなかった。かれは鬱々とした。ついに、尾州家を脱藩して京にのぼっている者を頼って、脱藩した。

京でのかれの行状は、少将則近もくわしく聞きおよんでいる。

京のいわゆる志士たちの間では、その出身の身分はさまで問題にならず、人間の器量だけが評価の基準になった。千十郎には、見識も、才知も、弁口もなかった。ただ、腰間の剣があるのみであった。

志士たちは、腕力だけを資本にこの運動に参加している者を卑しんだ。そういう者に対しては、志士たちは、常人のやりたがらない仕事をあたえた。人斬りである。

勤皇攘夷運動をはばむとみられる公武合体主義者や、開国論者、幕府の諜者などを暗殺する役だった。かれらは、志士の間でひそかに「隠亡（おんぼう）」といわれた。「隠亡」の中で、知名な者には、薩摩の田中新兵衛、肥後の河上彦斎、土佐の岡田以蔵などがいた。

舘林千十郎は、それら「隠亡」の群れの中にはいった。人を斬れば、どこからともなく、報酬が出る。若いかれは、酒色を覚えた。人を斬るときは、必ず酒気をおびていた。相変わらず、

「どうじゃあ！」

という気合いとともに、まっこうから相手を斬りさげた。相手に対して一片のれんびんもない病み犬のようなすさまじさが、相貌にあった。山犬とは、そうしたところからつけられた異名だろう。

3

（――その千十郎が）

なぜわたしを斬らねばならないのか、――少将は不審に思った。いつの間にか、道は蒲原の宿場にはいっていた。

少将が、茶店のしょうぎに腰をおろすと、男も犬のようについてきて、少将のそばへ腰をおろした。

「わたしの聞きおよぶところでは」

少将は男を見て、

「舘林千十郎といえば、勤王驕激の士であるそうだが、その千十郎がなぜ宮方であるわたしを斬る気になったのか」

「金」

千十郎は、卑しげに笑いながら、二本の指で輪をこしらえてみせ、

「それに、女。――そのほかに、拙者のような足軽くずれに楽しみがありますかね。藩を脱けてせっかく京へ出てみはしたが、しょせんはここでも、われわれ足軽あがりに

は、足軽なみの仕事しか与えてもらえない。人斬り以蔵といわれた土佐の岡田以蔵も足軽だし、肥後の河上彦斎は茶坊主くずれ、薩摩の田中新兵衛にいたっては町人あがりだ。みんな隠亡役させられている」

「みずから求めて踏み落ちた役目ではないのか。仲間をうらむことはあるまい」

「あなたは、公家だ。拙者どもの気持ちがわかるものか」

「だから、人を斬って金を得るのか」

理屈に飛躍があったが、千十郎の頭ではそれがわからないのだろう。

「そうだ。この腕を」

自分のきき腕をたたき、

「役だたせて世を渡るしか、拙者には能がないのだ。もともと、武士というものは、人を殺して禄を得るのが渡世だった。拙者の先祖は、非力のために戦場で人殺しができなかった。そのために、足軽の位置にとどまり、以後、代々足軽として卑しめられた。拙者にいたって、本然(ほんねん)の武士の稼業に目ざめて、人を斬る。金を得る。なにがわるい」

千十郎の声が大きかったために、茶店のあちこちで足をやすめている旅客が、いっせいにこちらを見た。少将は苦笑して、

「おい、斬られる当人は、わたしだぞ」

千十郎をなだめるような口調で、

「はなはだこまることだ。斬る側の事情をいくら大声で説明されても、そうですかというわけにもいくまい。せめて、いますこし静かにやってくれ。さっき、金といったが、どれほどもらった」

「いえぬ」

「存外、律義だな」

「二百両だ」

「先払いでもらったのか」

少将のせんさくは、こまかい。

「半金はもらった」

「それはけっこうだった」

「愚弄なさるのか」

「いや。実は二百両の倍額でわたしは命ごいをしようと考えているのだが、どうだろう」

「倍か――」

男は、少将を盗み見た。しかし、すぐずるそうに笑って、

「断わろう。この仕事は金だけではない」

「女かね」

少将は返事を待たずに立ちあがり、茶代をほうり出して往来へ出た。

「吉原宿まで、何里ある」

少将は、往来に出て客をよびこんでいる茶店の女にきくと、二里三十丁だ、と答えた。

「日のあるうちに着けるな」

ゆっくりと歩きだした。

男が、背後から、足どりを合わせてついてくる。

富士川では、渡しに乗った。このところ連日の日照りで水かさは少なかったが、岩をかむ青い瀬が、矢のように早かった。少将は、船べりにひじをついて、

「念のためにきくが、足軽で剣術がうまければ、だれもかれも、人殺し屋になってしまわねばならぬものかね」

「不平があって気慨がある者ならそうなる」

「わたしを殺したあと、どうするのかな」

少将がきくと、男はだまった。口をつぐんだまま、対岸の松岡の在所の森のあたりをみつめ、口もとにうずうずとねばい笑いをただよわせた。

（千織だな。あやつっているのは）

むろん、少将はこの浪人がすり寄ってきたときから、千織の手先だろうと見ていた。

（しかし）

少将は思った。浪人がいま浮かべたひとり笑いから察すると、どうやら手先どころではなく、千織はこの思考力の乏しい剣客を色仕掛けでろうらくしているようだった。男はねばついた笑いの奥で、千織のからだを思い出していた。千織は、一度はこの男にからだを与え、成功のあかつきは情婦になってやろう、とまで約束しているのではないか。少将は、ふと、雅客の女首領と、主義をうしなった殺人請負人との間のすさまじい情交の姿態を想像してまゆをしかめ、

「おい」

いってから、不意に息を吸いこんだ。

「どこでやるのかえ」

「なに？」

浪人は、目ざめたように少将をみた。

「場所だよ」

少将は、川風の中で薄く笑った。

4

松岡の在所のそばに、鎮守の森がある。俚称で、米の宮という。五月に流鏑馬の神事があるので知られている。

舘林千十郎は、雑木の森の、木もれ日の落ちる小径を先導して進んだ。

急に樹木がまばらになって、百畳ばかりの草の原に出た。原を取りまいて濶葉樹が、木下闇を作って密生している。ふたりの姿は外界から完全に遮蔽されていた。

「ここだ」

生きる目あてを失った勤王の志士は、ふところから手ぬぐいをとりだし、慣れた手つきで汗止めを巻きながらくちびるをゆがめた。

「さあ。これはあまりうれしくない場所だな」

少将は、いいながら男のほうを無視して、原を横切りはじめた。

「どこへ行く」

「わからない」

「逃げるのか」

「逃げやしないがね」

少将は、いくぶん急ぎ足になっていたが、不意に身をかがめた。かがめた背をかすめて、半弓の矢が地へ刺さった。

(こんなことだろうと思っていた)

上を見た。

クヌギのこずえの枝のまたから、ひとりの男が、二の矢をつがえかけていた。少将は、手ごろのつぶてを拾ってすばやく投げた。同時に小柄をぬいて、つぶてを追わせた。男が、顔をひねってつぶてを避けたとき、避けた方向を小柄が襲う形になった。男は額をおさえた。五体が地上でつぶれたときは、少将は樹林の中にはいっていた。

（女は？）

女が、この樹林のどこかにいるはずだ、と少将は思った。

樹林にかこまれた原に少将を誘いこんで、半弓で射すくめようという手なのだ。むろん少将を斬ったあとの舘林千十郎をも、口どめのために半弓で射殺すつもりだったのだろう。

（どうせ、そんなところだ）

少将が思ったとき、背後から殺気が襲ってきた。

「逃げるのか」

千十郎の顔が、愚鈍なけものにみえた。

「捜している」

少将は、林の奥へ歩きながらいった。

「なにをだ」

「千織という、女をさ」

「えっ」

「おまえさん、どんな手管（てくだ）でだまされているのか知らないが、あれはもともとわたしの

「そうさ。いろんな仕掛けで人を殺すのが趣味の女だが、こんど殺されるのは舘林千十郎という足軽らしいよ」

「情婦？」

情婦でね」

「ばかな」

「うそだと思ったら」

少将は、ちょっと立ちどまっていった。

「聞いてごらん。――ほら、そこにいる」

指さした。少将の指のむこうの木下闇のなかに、女の白い顔が浮き出ていた。白い顔が、ほのかにくずれて笑った。

どう思ったのか、女は大胆にもこちらへ近づいてきた。下草を踏んでいるのに、この女の癖で、足音はきこえなかった。

女は、近づきながら、視線をまっすぐに少将のほうに向けていた。女は男を見ない。

少将は、微笑で迎えてやった。

（おれは、人が悪い）

微笑の底にある自分の計算を見つめつつ、少将則近は思った。

「則近さま」

「なにかね」

少将はうなずきながら、ちらりと男のほうを見た。

男は、食い入るように女を見つつ、憤怒に耐えているのだろう。くちびるのはしがふるえていた。

「女」

男が叫んだ。

女が男を見たとき、微笑が消えて、口もとに冷たいあざけりが浮かんだ。

職業剣客を使って少将をたおさせようとした詐略が、剣客の無能のためにくずれた。芝居は終わった。幕がおりたのに、無能役者がまだ舞台に立ち残っているのが、女には笑止だったし、次の芝居のために邪魔だと思ったのだろう。

「この足軽を」

少将のほうに顔をむけたまま、

「お斬りくださいませぬか」

といった。女の舌甘い声が終わらぬうちに不意の刃がきらめいた。

「あっ」

鳥追い笠が飛んだ。男が殺到した。逃げるいとまもなく、女は右腕のつけ根から乳ぶさのあたりまでけさに断ち割られて倒れた。女の手を離れた笠は、まだ地に落ちなかった。男は、ぎゃっと歯をむきだした。両手で空をつかんだ。女の死体の上に丸太のようにころがると、最後の息を、天にむかって吐いた。

（おれは、人が悪い）

少将は、刀をさやにおさめながら、

「公家のならいかもしれない」

と、つぶやいた。枝ごしに見える海道の空が赤く染まりはじめていた。

（暮れるな）

吉原の宿まで、まだ二里はあった。

海道やくざ

1

沼津から、板橋三十八間の黄瀬川を渡ったあたりで、少将則近は、見知らぬ女に呼びとめられた。

「なにかね」

足をとめて振りむくと、粂三髷(くめさまげ)を結った女が立っていた。道中の者ではない。風儀からみれば、堅気の女房らしかったが、身ごなしからにじむ色気が、ただの年増のものとはおもわれなかった。

「なんの用かね」

重ねて問うと、ホホ、とたもとを口に当てて笑うだけで、用を明かさない。

(狂人かな)

と思ったほどだが、よく見れば、からだ全体であいそう笑いをしているくせに、たもと越しに光っている目は、少将の様子を子細に見つめて油断がなかった。

(ただの世渡りの女ではあるまい)

うっそり立っていると、女はすり寄ってきて、

「わたくしは、この先の三島の宿はずれに住みます苦情松という男の」

「妙な名だな」

「はい。その女房でお卯と申します」

「苦情松の女房お卯か」

少将は、目をほそめた。こうした下情の世界の人間風景がいかにもおもしろいらしかった。

「お武家様と見込んで、おりいってお願いのすじがございます」

「申してみるがいい」

「ここは往来」

女はあたりをまぶしそうに見まわし、

「人目もございますゆえ、そこの在の八幡と申しますところにぞんじよりの家がございます。ご足労ねがわしゅうございます」

「ああ、行こう」

少将は物好きな、と思ったが、道中の退屈なまま、お卯についていった。

「ここかえ」

百姓家とはいえ、庄屋でもつとめていそうな大きな屋敷だった。お卯は手代に声をかけ、かって知った様子で屋敷うちを通りぬけて、離れ座敷に請じ入れた。

「ただいま、お茶を」

お卯が立ったあと、少将は、締め切られた十畳ばかりの部屋の中で、所在なく床の間の掛け軸などながめていると、障子の外で人の動く気配がした。

最初に、ひとりの気配がした。

つぎは、ふたりきた。

それらが、いずれも部屋の中の少将をすき見しては去った。

「お卯さん」

女がお茶を運んできてから、少将はたずねた。

「これは、どういう家なのかね」

「苦情松のだんなのお屋敷でございます」

「いったい、亭主はなんの稼業だ」

「これ」

女房の様子が、急にくだけた。

「でございますよ」

「なんだ、それは」

女房は、もう一度、つぼざるを盆ござの上でふる手つきをしてみせ、

「ほほ」

と笑った。薄気味のわるいやつだ、と少将は思いながら、

「ばくち渡世かね」

「はい、小さいながらも、寺銭をとる身でございます」

「貸元なのか」

そうだ、お卯はうなずいてみせ、

「そこでお武家様のお身がらをふつかばかりお貸し与えくださいませぬか」

「貸す？　これはおもしろい。さいわい、道中不如意をかこっていたのだが、いったい、いくらで借りてくれるのかね」

「一日二両、ふつかで四両ではいかがでございましょう」

「どんな仕事なのかな」

「ただ、亭主の苦情松のうしろに寄り添っていてもらえばよろしゅうございます。時と場合によってはお腰のものを」

　お卯は少将の佩刀を指さし、

「お役だてねがわねばならぬかと存じます」

「けんかか。つまり、用心棒だな」

「他人どうしのけんかに、苦情松が顔を出すというだけで、こちらから刃物ざんまいを仕掛けるわけじゃないんですけど」

「いいよ。ところで、さきほど、その障子のすきまからのぞいていた者があるようだが、あれはなんだ」

「苦情松や子分たちが、値踏みをしていたんでございます。はじめは一日二分の心づもりで海道を通るお武家衆を物色していたのでございますが、あなた様のご様子をみて、これは並みの値ではと……」

「それにしても安すぎるな」

「三度のお膳がつきますわえ」

お卯は、いなか博徒の女房らしいことをいった。

「せいぜい、ちそうをしてもらうことにしよう」

「それでは苦情松を呼びますゆえ、事情はその口からおききくださいまし」

お卯と入れかわって、苦情松がはいってきた。

2

「へい、ごめんなすって」

腰をかがめてはいってきた男が、いきなり少将に頭をさげると、意味もなくへらへらと笑った。

「よいお天気でござりやすな」

庭を見たり、軒先の空をのぞいたりして、それが性癖らしく、かたときも挙動のおちつかない男だった。

「苦情松と申しやす」

「わたしは、城州の浪人で猪川寅右衛門という者だ」

　少将は、また口から出まかせの名を名乗った。

「なるほど、なるほど」

　男は、おおげさにうなずいた。年は、四十を越えている。あごの張った顔が牛のように大きく、からだはちいさい。色の黒い皮膚に、目だけが白く光っていた。どちらかといえば、奸佞な顔相だろう。

「ところで」

　苦情松は、指で撃剣のまねをして、

「これは、いかほどでやすか」

「それかね」

　少将は苦笑して、

「一日二両がとこの日当程度には使える。それより、なんのためにわたしを雇うのか、事情をきいておきたいもんだな」

「なあに、お武家様から見れァ、くだらんコッて」

　このかいわいの小貸元で、ばか安という者がいる。その男の一の子分で、阿呆市という男が、——と説明しはじめると、少将はこまった顔をした。

「馬鹿安の子分の阿呆市か。どうも名まえがまぎらわしいな」

「その阿呆市が、この先の新家明神の賭場に行きやした。この賭場は、石田の番亀という貸元の縄張りでござりやす」

「番亀のねえ」

「へえ。番太あがりの亀吉、てことで渡世名が番亀。その番亀の賭場で阿呆市が有り金ぜんぶをすってしまいやした。そこで、金を番亀の身内の者に借りようとした」

「ふむ」

「ところが、番亀のほうは貸さなんだ。阿呆市のほうは、しつこく借りようとする。しまいには阿呆市が逆上して、この賭場はイカサマだあ、とわめきやした」

「阿呆がわめいたか」

「阿呆市が逆上して賭場にケチをつけるのを番亀一家は待っていたんでござりやす。もともと番亀一家と馬鹿安一家とは仲がわるく、双方とも、けんかの口実さえあればと、日ごろうずうずしていたやさきでござりやすから、阿呆市をおおぜいでさんざんに打擲したうえ、目の玉を一つくりぬいて、表へほうり出したというわけで」

「残忍なものだな」

少将は、不快そうな顔をした。

「それが一昨日のことでござりやす。馬鹿安がおこって、三日後の朝六ツに黄瀬川原で意趣を晴らしたいというけんか状をたたきつけ、子分、兄弟分、助人を集めている最中らしゅうござりやす。番亀、馬鹿安とも、これをしおに相手方の縄張りを奪ってしまおうという、意趣というより欲得ずくのけんかでござりやしてな」

「なるほど」

「こまったもんでござりやす」

苦情松は、もっともらしい顔をするのを、少将はさえぎって、

「ところで、おまえはなんだ」

「あっしでやすか」

松は顔をつき出し、

「氏神役でやす」

「なんだ、それは」

「仲裁役で」

「頼まれたのかえ」

　少将は、きなくさい顔をして、苦情松をみた。

「ちがうんで」

　松は、つるり黒い牛面をなで、

「これが、あっしの商売みてえなもんでやしてな。けんかがある、あっしが乗りだす、あっしの顔が良くなる、まあそんなことで小さいながら縄張りを作ってめえりやしたようなもんで」

「けっこうなことだな」

　少将はうなずき、

「が、こんどはそんなことぐらいでわたしを雇ったのではあるまい。けんかをする双方は、そのほうが仲裁に出ることを存じておるのか」

「へへ」

「なんだ」

「お代官さまのようなお口ぶりで、おそれいりやす」

「なるほど」

少将は苦笑して、

「わたしは、おまえに雇われた用心棒だからな。用心棒らしく口をきこう。ところで親分」

「なんだえ」

苦情松は、いい気な微笑をうかべた。

「どうやら、こうしてきいていると、おまえは馬鹿安や番亀よりは一枚うわ手の悪党のようだ。だまって付いて行っても、わたしの損にはなるまい」

「いい了見でやす」

大きくうなずいた。

3

その宵から、少将則近は、苦情松の家の二階で、地酒のちそうをうけた。階下では、ひっきりなしに人が出入りしているらしく、夜ふけまで人声が絶えなかった。

「博徒というものもいそがしい稼業だな」

杯をふくみながら、少将は給仕のお卯にいった。

「同業がふえましてねえ」

そうはのんびりしていられない、とお卯はため息まじりにいった。この海道わきの狭い一帯で、賭場をもつ小貸元が三軒もひしめいているのは無理だ、というのである。

「だから、けんかをして、淘汰し合おうと思っているのだな」

武士の世が終わろうとしているとき、博徒の世界ではようやく戦国時代がはじまろうとしているのが、少将にはおかしかった。

お卯のいうところでは、馬鹿安は、かねて駿州の清水次郎長という大親分に接近しようとしており、番亀は黒駒の勝蔵という大勢力の庇護を受けようとしていた。双方とも、それぞれ別の大親分から兄弟分の杯をもらおうと運動しているのだが、次郎長も勝蔵も、いまのところ、そっぽをむいていた。

大親分たちはりこうなのだ。うかつに、このかいわいの小貸元と兄弟分になると、その争いに巻きこまれて、けっきょくは次郎長対勝蔵の大げんかになってしまう恐れがあったからである。

翌日になった。

午後になって、苦情松が二階へあがってきた。牛のような顔がうれしそうに笑って、

「物見の知らせでは、やはりあすの卯刻に黄瀬川原でやる様子でござりやす」

「まず、よだれをふけ」

少将は、にがい顔でいい、

「物見というのはなんだ。おまえは他人のけんかに物見を出しているのか」

「へい」

苦情松は手の甲でよだれをふきながら、

「こっちはこっちの思わくがござりやしてな、諜者にさまざまに変装させて、馬鹿安と番亀の双方の家の様子をうかがっとりやす」

「妙な稼業だな」

「それが苦情松の本領なんで」

苦情松は、階下へおりて行った。

入れかわって、お卯があがってきた。夫婦がかたときも少将をひとりにさせないのは、少将が退屈のあまり外へ散歩に出かけるなどといいだすのをおそれているらしい。外へ出したくない様子だった。少将を外へ出せば、苦情松の動きがもれると思っている

のだろう。

「ねえ」

お卯はだいぶなれなれしくなって、少将のひざに手を触れた。

「あたしにも、ひとつちょうだいな」

「酒か」

きのうから酒びたりだから、少将もだいぶ酔っている。お卯を見た。お卯は、とろけるような色気をしたたらせて、少将を見あげた。ただの女ではあるまい。前身は、この三島あたりの酌婦あがりかもしれない。

少将がつぐと、お卯は一気に干し、

「もう一つ」

とせがんだ。たてつづけに数杯のみほすと、肩をおとして、少将を見上げた。

「いい男ねえ」

「ばかな」

少将は、苦笑した。

「あんたは、ほんとうに浪人者?」

「そうだ」

「うそでしょう。自慢にはならないけど、あたしは、むかし宿場にいた。人を見る目はもっている。どうみても、あんたは浪人ふぜいじゃない。まさか大名のお部屋住みでもなかろうし、なんだろう、なんだろう」

「なんだろう」

「お公家さま?」

少将はぎょっとしたが、さりげなく、

「お卯」

「まあ、呼び捨てにしてくだすった」

「聞くがね」

「なんのこと?」

「おまえの亭主の苦情松は、いったい何をもくろんでいるのだ」

「あんなやつ」

お卯は吐きすてるようにいった。夫婦腹をあわせているようで、その実、あまり仲はよくないらしい。

「あいつは、他人様のまわしで角力をとろうというずるいやつだよ。やくざの風上にもおけないやつさ」

「やくざにも、風上と風下があるのかね」

「あるさ」

お卯は、だいぶ酔っていた。

「このあたりのやくざは、ぜんぶ風下やくざばかりだけどね、苦情松はその中でも、いちばん風下にいるやつさ」

「まだ馬鹿安や番亀は風上なのか」

「けんかをするだけ、まだかわいらしいところがある。苦情松は、そのけんかにたかろうというんだからひどいよ」

「どうするんだ」

「おっと待った」

お卯は杯をあげて、

「と、こうするのさ」

「助六役だな」

「助六なもんか」

　話がひどくなってきた。

「酒にありつくんだよ」

「うそだろう」

「え？」

　お卯は、杯をとめた。

「うそだな。酒にありつく程度なら、階下でけんかじたくはいるまい」

「ご覧になりましたね」

　お卯は、少将のひざから手を離した。酔いがさめたらしい。

「見た。わるかったかな。はばかりへ行く中庭の縁の下に竹やりがたばねて隠してあるし、部屋をのぞくと、長脇差がたんすの前に薪のように積んであった。あれはなんだ」

「あれは」

　お卯は、自分が苦情松の女房であることを思いだしたのだろう、ぎくりとなってすわりなおした。

「なんでもございません」

「そうかな」

少将はからだをゆすって笑いだした。このいなかやくざの争いが楽しくなってきたのだ。

4

翌朝、卯の刻にはまだ小半刻もあるころに苦情松があがってきた。

「それでは、出掛けやしょう」

「もう行くのかね」

少将が見ると、苦情松は着流しでさりげないふうをしている。

（けんかをするのでもなさそうだな）

そう思って階下へおりると、竹やりも長脇差もきれいにかたづけられて、きのうまでとぐろを巻いていた子分もいなかった。

土間へおりた。

お卯は苦情松にちょうちんを渡し、ひうち石をうって不浄を払った。少将にもそのとおりにしたあと、苦情松が表障子を明けたすきに、そっと少将の指をにぎった。

「お気をつけてね」

「ああ」

「あんたが好きよ」

「わたしもだ」

「ほんと？」

思わず大きな声を出したのを、表障子のところにいた苦情松がききとがめて、

「なんだ、お卯。早くお送り申さねえか」

「はい」

返事だけをして、お卯は少将に目もとでわらい、舌を出した。妙な女だ。このぶんでは、子分のだれかれとできあがっているのではないか。

外は、まだ暗かった。

苦情松の大きな頭が、往来を歩きはじめた。

「寒いな」

「念を入れるようだが、だんなは腕のほうは確かでやすね」

「一度ためしてみようか」

「どうなさるんで」

「あとでわかるだろう」

少将の手もとがわずかに動いて、つば音だけがするどく鳴った。

少将は歩いている。苦情松も、のそのそと歩いている。苦情松の帯が切れていた。斜めうしろのあたりを縦に切ってわずかに残しているから、苦情松は気づかない。すこし帯がゆるんだと思っている程度だろう。

「黄瀬川に着けば夜は明けやす」

「けっこうだな」

少将は人がわるい。

半刻ばかり歩くと、暁のひかりのむこうに黄瀬川堤がみえてきた。

朝霧が流れている。苦情松は、のびあがって向こうを見た。

「いるいる」

苦情松の大きな頭は急ぎ足になった。少将をふり返って、

「何度も念を入れるようだが、あっしのいうとおりにやってもらいたい」

「たとえば、どうするのかな」

「たとえば、馬鹿安を斬れと言や、そのとおりたたっ斬ってもれえてえし、番亀を斬れと言や、そのとおりやってもれえてえんだ」

「なるほど」

少将は、内心おどろいた。苦情松の魂胆は意外なところにあるようだった。

堤にあがると、河原では半町の間をおいてすでに両軍が対峙していた。それぞれ五十人ぐらいの人数はいるだろう。

「ちょうどよかった。まだ、おっぱじめてやがらねえ」

少将のほうをふりむき、

「ついて来な」

大いばりで土手をおりはじめ、中ほどまで降りたあたりで、馬鹿安と番亀の双方の人数にむかってどなった。

「まった、まった。そのけんかまった。この苦情松があずかった」

歌うようにどなりちらしながら駆けおり、両勢のまん中に立って両手を広げた。

ちょっとした、幡随院(ばんずいいん)長兵衛だった。

「なんだ、あいつ」

そんなとまどいが、両勢の表情にみえた。そのうち、川下の人数のほうから、そっ歯の男が十歩ばかり歩み出てきた。年かっこうからみて、少将は、あれが馬鹿安だろうと思った。馬鹿安はそっ歯を両手でかこって、どなりはじめた。

「また、迷い出てきやがったか」

そんなことをいった。少将は、苦情松を見た。苦情松はにがい顔をした。

馬鹿安は、どなった。

「あれほど、おめえなんぞが仲に立つこたねえとかんでふくめるようにしていってておいたのに、なんだ、のこのこと」

馬鹿安がいいやめると、番亀がどなりはじめた。

「どきやがれ。うろうろしてやがると血祭りにたたっ斬るぞ」

「なにをいやがる」

苦情松は、まっかになった。少将はきのどくになって、苦情松の肩をたたいてやった。

「もういいじゃないか」

「なあに」

松は、ふりかえって、声をひそめた。

「こうなりゃ、力ずくでいくべえ。——あれをみろ」

苦情松は、そういって土手のほうを指さした。

「ほう」

少将は、苦情松の奥の手におどろいた。いつの間に土手の上に現われたのか、竹やりを天にかざした二十人ばかりの人数が、一列になってならんでいるのだ。

「あれは、あっしの子分だ」

「力ずくで調停するのか」

「そうじゃねえ、ああして土手から見ていて強いほうに加勢するんだ」

「ひどいものだな」

少将は、苦情松の大きな頭からわき出る奸知にあきれた。弱いほうを殲滅したあと、勝ち残った双方で賭場を分けとろうというのだろう。

「おめえは」

苦情松は自信を得たのか、少将への呼び方までぞんざいになっていた。

「ちょっとどいていてくれ。いまからたんかを切るんだが、ふたりづれでろっぽうを踏むのはみっともねえから、離れていてくれ」

千両役者は、ひとりだ、というわけだろう。苦情松は、しずしずと進み出て、

「馬鹿安も、番亀も」

両手をひろげていった。

「あの土手を見やがれ。けんかをやめねえなら、土手の人数を動かすぞ。ここんとこが、おめえらの了見のしどころだ。よく耳をかっぽじって聞け。おれが馬鹿安につくか、うンにゃ、番亀につくか。そらァ、いわねえ。いわねえぞ。おれの胸三寸にあるんだ。どうだ、おれのついたほうが勝ちだぞ」

両方の人数が、動揺しはじめた。苦情松はそれを見て、いい気になりはじめた。

「どうだあ！」

大見えをきったとたん、腹に巻いていた帯が、ばらりと切れた。着物が前はだけになり、よごれたまわしがのぞいた。

それをみて、馬鹿安側も、番亀の人数も、ころげまわって笑った。

当の苦情松は、それに気づかない。嘲笑と罵声の中で声を消されながらも、立ちはだ

かってぼそぼそと口上をのべていたが、その間に形勢がかわった。

番亀のほうも馬鹿安のほうも、ずるい苦情松をこのまま生かしちゃおけないと考え始めていた。苦情松を血祭りにあげてからあらためてけんかだ、ということに双方同時に思いつき、どっとときの声を作って苦情松のほうにむらがった。

少将が、あっという間もなかった。気づいたときは、苦情松の大きな首が空にはねあがり、胴が砂地に倒れていた。

(しまった)

少将は、苦情松があわれになった。たとえ四両でも、少将はこの男に雇われたのだ。それに、帯を切って恥をかかせてしまったことに、淡い後悔もあった。

少将は、剣をぬき黄瀬川の空にかざして、土手のほうの人数を呼んだ。親分の意外な死で動揺していた苦情松の人数は、砂原に新しい指揮者を見いだして、生気がよみがえった。

「ここへ集まれ」

二十人ほどが、どっと少将の身のまわりをかためた。

「わたしは、京の右近衛少将高野則近というものだ。親分の弔い合戦をしてやる。下知されるのをしあわせに思え」

わけのわからぬままに、苦情松の子分たちは、どっと歓声をあげた。

馬鹿安のほうも、番亀のほうも、この新勢力がどちらの側につくかを憶測しかねて、立ちすくんでいた。

「よいか」

少将は、子分たちにいった。

「まず番亀の陣を襲う。番亀を襲えば馬鹿安もついてくるだろう。番亀を倒したあと、すぐわたしは下知をするから、馬鹿安を襲うのだ。馬鹿安が倒れれば、いち早く引き揚げてもとの土手に集結しろ」

少将は一同をながめて、

「よいな」

といった。

そのあと、血風がおこった。朝霧がまだ晴れぬまに、少将はまず番亀を倒し、そのあと乱闘の中で、一刀のもとに馬鹿安のそっ歯首を天へはねた。

お坊主おどし

1

箱根の山中でにわか雨に出あった。その雨でぬれたのと、京以来の疲れが重なったのかもしれない。

（かぜ気味かな）

高野少将則近は、熱っぽいからだを押して、小田原の宿まで足をのばし、旅籠小清水屋清兵衛方に投宿したが、翌朝は起きあがれなかった。

「いかがでござります。おいそぎの旅でなければ、もう一日、てまえがたにお泊まりくだされては」

あるじの清兵衛が、少将の人体(にんてい)に親しみを寄せたらしく、わざわざ部屋まできてそう勧めてくれた。

（やっかいになるかな）

むろん、一日を急ぐ旅ではない。旅籠の窓からみえる小田原城の緑のうつくしいままに、つい逗留することにした。

「女をお呼びいたしましょう」

木賃ではいざ知らず、旅籠に泊まるひとり客で女を呼ばないのは、よほどの老人か廃疾者だろうという常識が、旅籠にはある。

「酌婦かね」

少将が気のすすまぬ顔をしたのをみて、

「いや、そういうつもりでお勧めしたのではございませぬ」

と、あわてて手をふり、

「ただ、ご看病がてらに、と思っただけでございます」

「いいように計らってもらおうか」

少将はめんどうになったのだ。土くさいいなか酌婦が来ようがくまいが、そんなことを論議するだけでもわずらわしい。

一夜寝ても、まだ熱はひいていなかった。

亭主がひきあげてから、うとうととねむった。小半刻ばかり眠ったろう。ふと気づくと気分がいくぶんさわやかになっているのに気づいた。

――額がつめたい。

(おや)

薄目をあけると、白い指がみえた。

まくらもとに、女がすわっていた。上田じまの小そでに縞襦子(しまじゅす)の帯をしめた年若い女が、少将のまくらもとに耳だらいを置き、紅だすきをかけてかいがいしく手ぬぐいをしぼっている。

「お目ざめでございましたか」

あわてて手ぬぐいを置くと、ぬれたままの手で指をつき、

「篠(しの)と申します。よろしゅうおねがいいたします」

といった。まだこういう勤めをしてほどもないらしく、酌婦ににあわずことばつきも丁寧だし、動作もどこかしろうとくさかった。年は、十七、八だろう。

「いま、何刻だな」

「そろそろ、正午でございましょう」

酌婦がいった。

「朝から、そなたのような者と一つ部屋でいるのは気のひけることだな」

「いえ、ご看病でございますもの」

女はそういいながら手ぬぐいをしぼり、少将の額にのせた。

「お熱はいかがでございます」

「さあな」

頭痛は多少うすらいでいる。

「お膚をお伺いしてよろしゅうございますか」

「膚を？　どうするんだ」

「いえ」

女は、くちびるを近づけてきて、いきなり少将の額にあてた。熱があるせいか、女のくちびるがひどく冷たいものに感じられた。酌婦とはいえ、道中でひとの親切にあうのは、心にしみる思いのするものだ。少将が礼をいってやると、女は顔を赤くして、

「看病は慣れておりますもの」

といった。

「だれか、わずらっていたのか」

「兄が労咳を病んでおりましたが、去年の冬にみまかりました」

「身寄りは」

「ございません」

少将は、他人の身の上をせんさくする興味はなかったが、この娘っぽい酌婦をなんとなくいじらしく思えて、つい親身な気持ちになった。

――兄は城下でも腕のいいかざり職だったというのである。弥吉といった。両親は早くなくなって、篠という女は、十二年上の兄の手で成人した。弥吉は腕のたつ職人にありがちな変人で、周囲がどう勧めても妻帯しようとはしなかった。

「あたしが嫁にいくまでは、というのがいいぐさだったのですけど」

「いい兄御だな」

「ええ」

篠は、涙ぐんだ。

――弥吉が病んだ。はじめはたいしたことがあるまいとからだの変調を押して仕事をしていたが、いよいよたがねを持てなくて医者を呼んだときは、すでに手おくれだった。薬代を得るために、注文をとり、手付けをもらった。手付けをもらっては、医者の家に運んだ。兄が死んで残ったのは、そういう借財だけだったというわけなのである。

「だから、こういう稼業に出たのか」

「はい」

「出てから、どれほどになる」

「ひと月になります」

「つらいか」

女は、だまった。つらいのはきまったことなのだ。海道の旅籠にいる宿場女郎や飯盛り女といわれるたぐいを、世間では人間とはあつかわない。雲助を足で立つけものという。酌婦を、ふとんの皮をかぶったけものだといった。

「でも、この宿のだんなさまがよくしてくださいますので、しのぎよう日を送っております」

「ああ、あの清兵衛は親切そうな老人だな」

少将は平凡な相づちをうった。公家そだちの則近には、こういう階層の女に、どんなことばで同情していいのか、見当がつかなかったのである。

「ちょっと」

篠は、なにか用を思いだしたのか、寝ている少将に会釈して、部屋を出ていった。運のはずみというのは妙なものだった。篠がそのとき少将の部屋を出ていかなかったなら、こういう事態はおこらなかったろう。

2

篠は、なかなかもどってこなかった。

(どうしたのかな)

なんとなく気になって、下女をよぶと、下女はいいよどんで、自分の口からはいいはばかるから、番頭をよぶといった。

番頭は来なかった。四半刻ほど待つと、あるじの清兵衛がじきじき出てきて、少将の前に平伏した。

「どうしたんだ」

少将はまくらの上からいった。

「申しわけござりませぬ」

はげ残った頭のうしろで、小さなまげがふるえている。

「おしかりは重々覚悟しております」

「わからんな」

「篠めはお坊主さまにとられましてござりまする」

「お坊主さま？　なんだそれは」

少将は、白昼に化けものでも出たのかと思っておどろいた。

「江戸からまいられたお坊主さまでござりまする」

「坊主が女を食うのかえ」

「いえ、いえ、お経をよむお坊さまではござりませぬ。お寺やけさには無縁のお坊主でござりまする」

「よくわからんな」

「ははあ、おわかりになりませぬか」

清兵衛のほうがおどろいている。わざとお上をはばかって遠まわしにいっているのに、この浪人ふうの品のいい武士は、よほど世間知らずなのか、口をあけてぼんやり自分をながめたままなのだ。

「そのお坊主さまというのは、どこにいるのだ」

「てまえどもと軒をならべておりまする相模屋善兵衛方にお宿をとっておられまする」

「隣の旅籠だな。それで、お篠はその旅籠へ引きこまれてしまったのか」

「いえ。これにはわけがございまして」

清兵衛は、恐縮しながら語りはじめた。

旅籠相模屋善兵衛方に投宿しているお坊主さまとは、江戸芝港町に町屋敷を拝領している四十五俵二人扶持のお数寄屋坊主後藤宗海という男である。

お坊主というのは、江戸城内での給仕、接待などに任ずる文官のことで、ご家人格でありながら武士ではなく、頭をそりこぼっているが僧侶ではない。通称、お茶道といわれているのがそれだ。

お坊主の役まわりには、まず茶道をあつかう御数寄屋坊主、ついで奥小道具役御坊主、御用部屋御坊主、御土圭間（とけいのま）御坊主、御表（おおもて）御坊主、紅葉山御高盛御坊主といった種類があり、それぞれ御同胞（おどうほう）とよばれる旗本格の組頭（くみがしら）に属している。

「これは俗説でございますが」

清兵衛は、声をひそめていった。

「ああいうお坊主を公儀がお飼いなされているのは、いざいくさという際に、坊主首をはねて軍神(いくさがみ)を勇めるためだそうでござりまするな」

「坊主衆にすれば、さぞ迷惑な話だろうな」

「そのかわり、たいへんな権勢がござりまする」

「首をあずけているからか」

「いえ、そういうわけでもござりませぬが、なにしろお城のお接待役でござりますゆえ、御老中さまをはじめ、公儀御重職とごじっこん申しあげる機会が多うござりまする。自然、口さがないゆえ諸国の大名のことをあれこれ申しあげるということとなり、お大名も陰口をいわれるのがいやさに、付け届けを怠りませぬ」

「幇間(ほうかん)のようなものか」

「幇間(たいこもち)が殿中で瓦版(かわらばん)売りをしているようなものでござりましょう」

　清兵衛もなかなか口が悪い。

「そういう江戸城の坊主が、なぜいまどき小田原くんだりまで来ているのだな」

「まあ、しもじもで申すたかりでござりまするな。われわれぶんざいとは異なり、大名相手のたかりでござりまするわい」

――御数寄屋坊主後藤宗海は、ちかごろ、耳よりな話を聞いた。小田原十一万三千石の城主大久保加賀守が、家に伝わる名器「呉羽」という茶入れを、将軍家に献上しようといううわさである。

（これァ、果報なことを聞いた）

殿中の廊下で加賀守を待ちうけ、おそれながらと声をかけた。

宗海は、如才なく、かつて加賀守からもらった大久保家の定紋入りの羽織を一着に及んでいた。どの大名でも、懇意の坊主に羽織をくれてやる慣例があり、坊主のほうも、大名の登城退出には礼儀として拝領羽織を着て送迎した。懇意の大名があいついで登城してきた場合の忙しさを考えて、両家の羽織を裏表無双にしておいて、いちはやくひっくり返しては、その定紋の大名に機嫌をとりむすぶ坊主もいたという。

「ほのかに承りますれば」

と、宗海はいった。

「お家に伝わりまする名器呉羽を、おそれながら将軍家にご献上とのことでござりまするな」

「ほう、相変わらずの早耳じゃな」

加賀守は微笑したが、内心ははなはだ迷惑した。大久保家としては、まだ献上の意志をはっきり決めているわけではなかったのだ。しかしこんな殿中の金棒引きにいわれた以上は、

「べつに献上する気はない」

と答えるわけにはいかない。加賀守は将軍家への献上物を出ししぶっている、などといいふらされては事だったからである。

「国もとにあるのでな」

加賀守は、泣くような顔でいった。

「いちど、そちのような茶道の者に見てもらいたいと思っている」

私語とはいえ、殿中の廊下で、将軍家直参の坊主にこう答えれば、献上することを公表したのと同然であった。宗海はすかさず、

「それは是非とも、お国表にまいって、眼福をいたしとうござりまするなあ」

「国家老に申しつけておこう。呉羽はともかくも、小田原のいいろうでも食しにまいるがよい」

御数寄屋坊主後藤宗海はさっそく組頭のもとへ、

「大久保加賀守様には、かねて名器呉羽を将軍家へ献上つかまつりたき儀におわしたるところ、一度、その手入れ、保存のぐあいなどについて御数寄屋の者に検分してもらいたいとの仰せでござりまする。右の儀、いかがお取り計らいつかまつりましょうか」

と申し出た。柳営の茶器の扱いはすべて御数寄屋坊主の係りだから、りっぱに公用の体裁がととのう。それに、宗海は抜け目なく組頭への鼻薬もきかしていたから、表向き公儀御用というぎょうぎょうしさはばかりこそすれ、江戸を離れる内許しだけは受けた。

公儀御用でなくとも、江戸を離れる許可さえ得れば、道中の費用は十一万三千石の大久保家がもつ。後藤宗海は大久保家拝領の羽織を着、同家江戸屋敷詰めの武士に付きそわれ、道中はかごで通し、小田原城下につけば藩の重役が出むかえるというぎょうぎょうしい仕立てで小田原入りをした。

「それほどの宗海が、なぜ旅籠などに泊まっているのかな」

少将には、宗海の魂胆がふに落ちない。

「そこが肝心の話でござりまするよ」

清兵衛は息を入れた。

「お城では、ご家老様のお屋敷をご宿所にきめていたそうでございます」

ところが、宗海はいやだ、といった。では本陣に、と勧めたが、それも堅苦しい、とことわり、自分から旅籠相模屋に宿をとったという。

「ずいぶんと謙虚な男らしいな」

「なかなか、もちまして。旅籠のほうが気随気ままができるからでございますよ。宗海様は御酒はいけませぬが、おなごのほうはなかなかのおかたらしく、お城のほうでは芸者をひとり選んでお慰みにすすめたらしゅうございますするが、わざわざいなかへきていなか芸者を抱いたとあれば、江戸者の恥じゃ、と申されてしりぞけられ、なんと町娘を見染められましたよしでございます」

「ほう」

「かごでお城下においりになるときに、ある商家の軒先で見染められたと申すのでございますするが、あとで町奉行所のお役人がしらべますると、筋違橋のそばの越後屋総左衛門と申すみそ屋の娘でございます。いくら、お城のお役人衆でも、れっきとした町家の娘をおとぎに出すわけにはまいりませぬ」

「それァ、そうだろう。しかし、たかが茶坊主一ぴきの接待にたいそう気をもむものだな」

「茶坊主は非力でも、その陰口がおそろしゅうございます。なんでも、老中、若年寄といった公儀のご重役でさえ、お坊主衆に不人気なおかたは長つづきはせぬと申します。

——ところで」

「おう、どうなのだ」

「みそ屋の娘に似た者をそれらしく仕立てるために、色町はおろか、旅籠の飯盛り女にいたるまでお奉行所の手先がいちいち検分してまわりまして、とうとう、お篠がお目にとまったというわけでござります」

「いつのことだ」

「つい先刻、お篠が帳場に用があって階下へおりてまいりましたとき、土間に来ていた土地の目明かしの目に触れたのでござります」

「いったい、篠はどうなんだな」

「まげも変え、衣装も着替えさせられてみそ屋の娘らしゅう仕立てあがったうえで、相模屋へ送りこまれるのでござります。なあに、べつに罪作りなことではござりませぬ。篠も、ときが稼業の酌婦でござりまする。ただ、あなた様にはおきのどくで」

「なあに、わたしはいい」

少将は、あわてた。未練がましいと思われては片腹のいたいことだ。

「しかし、お城のお役人衆は、さすがに知恵者ぞろいでございますよ。酌婦にとぎをさせれば、だれも痛む者はござりませぬ」

「しかし、ばかな話さ」

「なぜでございますか」

「茶坊主の接待に、小田原藩の侍がよってたかって茶坊主になるのは、しゃれの種にもならないよ」

「さようでござりまするかいな」

亭主はきのどくそうに笑った。亭主にすれば、少将の憤慨は女をとられた腹いせだと思ったのだろう。

3

亭主が部屋を出ていってから、少将は多少気分が回復してきたので、床から起きあがった。からだのしんにまだ熱が残っているらしく、すこしふらふらする。

（酒でも飲むか）

手をたたいてちょうしをとりよせ、独酌でまたたくまに四、五本あけた。酔いがからだをまわるにつれ、熱がとれてきたような気もした。

（酒の功力かな）

六本めのちょうしをとりあげようとしたとき、うしろから手が忍びよってきて、ちょうしの腹をそっと握った。

ふりむくと、目のさめるような町娘の装いをこらした篠がすわっていたのである。

「おう」

少将は、妙になつかしい気がして、不得要領な声を出した。

「お熱はとれたのでございますか」

「とれたよ」

「よろしゅうございましたこと」

「そちはやさしい女だな。――話は、亭主からきいた。お坊主に食われに行くというのだな」

「はい」

　こうしてうなだれていると、まるで酌婦らしくはなかった。

「別杯といこう。わたしはあすの朝たつ。からだの様子さえよければ、今夜から夜旅をするかもわからない。もう、生涯会うことはあるまい」

「悲しゅうございます」

　篠はちょこを両手の指で受けながら、うつむいて涙をかくした。

（妙なぐあいだ）

　相手は酌婦なのである。まくらをかわしたわけでもなく、それほど長くつきあったわけでもない。わずか一刻ばかり看病してくれたこの女が、どうしたことか、あわれでならなくなってきたのである。

「後藤宗海のもとにいくのはうれしいか」

「え？」

　見あげた篠の目が、少将則近を恨めしそうに見つめた。

「いやなのか」

　篠は、うなずいた。その涙をみると、少将はいとおしさがせきあげてきて、つい残忍な気になり、不意に――それが稼業ではないか、といってやりたくなって、かろうじて衝動をおさえた。

「なぜいやなのだ」

「勤めに出るのはいやではございませぬ。――でも」

篠は、自分の衣装をみて、こういう姿でいくのが悲しい、といった。酌婦の身が酌婦のままで客の前に出るのならまだ救われる、と篠はいうのである。いま、町娘の衣装をつけている。これを着ていると、どう自分をごまかしても、気持ちまで昔のしろうと娘にもどってしまう。そのしろうと娘の自分が、こともあろうに、見も知らぬ江戸の男のとぎに出るようなふしだらはとてもできない、と篠はいった。

「そういうものかな」

篠のふしぎな心理を少将は男だからじゅうぶんには理解することはできない。しかし、この場の篠にしてやれることは、金を出して落籍してしまうか、それとも力ずくで相手の茶坊主を追っぱらうかのどちらかだった。

金はない。大坂道修町の小西屋へ金飛脚をたてて取り寄せればなんとか作れぬことはないが、しかしつい朝がたにはじめて会ったばかりの酌婦を落籍すというのはどんなものだろう。考えただけでも、少将は、いやみで悪趣味なことだとおもった。

「もう行くのかね」

篠が手をつくのをみて、少将はいった。

「いつまでもご機嫌よろしゅう」

篠は出ていった。

(あの女は、わざわざ別れにきてくれたのだ)

当然なことだろう。ほかの酌婦でも、ほかの客のところへいく場合は、その程度のあいさつはしにくる。しかし、篠のあいさつには、心の深さがあった。おおげさにいえば、人の世を送っていく者の一期一会の深さを、篠は少将の心に残していってくれた。

「亭主を呼んでくれ」

少将は、自分でも驚くほどの大きな声をだして廊下を通る旅籠の女をよびとめた。清兵衛がやってくると、大坂の小西屋への金飛脚のことを頼んだ。

「この旅籠まで金がとどくには十五日以上もかかりますが、それまでご逗留なさいますか」

「今夜たつ」

「どうなさるのでございます」

「笑うか」

「笑いはいたしませぬ」

「篠を落籍す。亭主によしなに計らっておいてもらおう。わたしはもうこの町にはあられることがあるまい。足を洗ったあと、篠がどのような身の振り方をきめようと、わたしには無縁なことだ」

少将は、少し酔っていたかもしれない。

4

（ここか）

少将則近は、旅籠相模屋善兵衛の門口に立った。

「後藤宗海様御宿」

というぎょうぎょうしい関札が出ている。日は、とっくに暮れていた。少将は土間にはいった。

客とみて、旅籠の者がすすぎを持ってきたり、部屋へ案内しようとするのを少将は手でおさえ、

「いいんだ、人に会う」

ずかずかとあがった。旅籠で最上の部屋というのは、建物の結構をみればおよその見当はつくものだ。

中庭の見える廊下を通って、少将は離れのぬれ縁までくると、からりと紙障子をあけて、

「動くな」

いきなり刀を抜いて、部屋のあるじの坊主頭の首すじへ、ぴたりと白刃をあてた。

「な、なにをする」

後藤宗海は、思わず杯を落として少将を見あげた。四十がらみのやせた人物で、床柱の前の緋色の大座ぶとんにすわっているだけでも、こっけいを催すほど貧相な男だった。

篠は酌をしていたのか、宗海と向かいあっていた。少将がちらりとみると、うなだれた。さらに少将がのぞくと、篠は目をつぶった。消え入ってしまいたいようなふぜい

だった。

「ひ、ひとを呼ぶぞ」

「声をあげられるなら、あげてみろ。そのまえに、坊主首は杯盤の上に落ちている」

「ろうぜきな。わしを公儀直参後藤宗海と知ってか知らずか」

「御数寄屋坊主だろう。坊主にいちいち驚いていては、道も歩けぬわ」

「こいつ」

いきなり、うしろの刀架に手をのばそうとして、その腕をはげしく刀のみねでたたかれた。宗海は腕をおさえ、伸びあがって激痛をこらえた。

「ろ、ろうぜき者」

騒ぎをききつけて、別室に控えていたらしい小田原藩の藩士らしい男が数名乱入してきた。

「篠」

少将は篠の胸をつかんで引きよせると、

「逃げろ。――それとも、おれは稼業の邪魔だてをしたことになるかな」

「い、いいえ」

「小清水屋清兵衛に含めてある。相談をして、しばらく身を隠すがよい」

篠のからだを突きはなすと同時に、少将の刀が一閃して、三基の燭台の上に火を点じていた百目ろうそくが、音もなく首をそろえて飛んだ。一瞬、部屋は闇に転じた。

――その闇の中に、鈍い物音をたてて倒れたのは、少将の峰打ちで絶倒した御数寄屋坊主であったろうか。

変なやつ

1

江戸まで十二里十二丁。――

相模藤沢の宿は、京から数えれば百十三里八丁という里程になる。まだ日は落ちていなかった。この宿の旅籠柏屋平右衛門方に投宿したとき、高野少将則近は、さすがに、はるけくも来たものだという感慨が深かった。

（おれが、最初の男かもしれない）

そうだろう。京の公家で、勅使や例幣使などで下向するばあいをのぞき、公家が、単独で海道をくだって江戸へいくなどは、徳川二百数十年の歴史で、かつてなかったことなのである。

道中、さまざまなことがあった。どの事件も、どの人間現象も、則近にとって、めずらしいことばかりだった。家康が幕府を置いて以来、公家は東山の見える盆地以外に出ることを禁じられてきた。代々、その狭い世界に住みなれてきた公家の子の少将にとっては、幕府という怪物が作った人間社会は、そのまま、妖怪の森のように思えた。

――藤沢の旅籠で見たその男というのは、少将からいわせれば、妖怪の江戸から逃亡してきた、あわれな森の小動物というべきであったろうか。

（おや）

と思った。

湯からあがって、部屋へもどったときのことなのである。

（部屋をまちがえたかな）

最初はそう思って、いったんあけた紙障子を、もう一度締めた。廊下ですこし思案してみたが、どうみても、自分の部屋らしいのである。

部屋のすみに、見知らぬ男がうずくまっていたのだ。

若い町人ふうの男で、まだ旅装を解いていない様子だった。

（たしかに、おれの部屋なのだ）

少将は、障子に手をかけた。

からりとあけた。

依然、男はいた。すみでひざをかかえてうずくまっていたが、少将をみると、おびえたような目をあげた。

(頭がおかしいのではないか)

それとも、——と、思いついて少将はたずねた。

「あんたは、ごまのはいかね」

男は、いそいでかぶりを振った。

「ここはわたしの部屋なのだが」

男は、うなずいた。わかっている、というのだ。

「こまったな」

少将が渋面を作っていうと、男は、しょげたようにうなだれた。

年は、二十三、四というところだった。丸顔で、ちょっと役者にしたいような、形のいいくちびると、すずしげな目をもっていた。

(お店者ではない)

物腰でもわかるし、手の指の節くれだって大きいところをみれば、職人なのかもしれなかった。

「わたしは相宿でもかまわないんだが、帳場が知らなくてはこまるだろう。わたしが行って断わってきてやってもよいぞ」

少将は気軽にいった。帳場ときくと、男はどきりとした様子で、

「いえ、帳場だけは」

と、はじめて口をきいた。

「帳場に断わらずにはいってきたのか」

男は、うなずいた。

「せめてきゃはんぐらいは解いたほうがよい。なんだ、わらじを手にもったままではないか」

「へい」

男は、かたくなな顔をした。このままにさせておいてくれというのだろう。

「まあ、いい。この部屋においてやるから、口だけはきいてもらおうではないか。そこで、じっとすくんでいられては、気味わるくてしようがない。何者だ、あんたは。まず、名だな。なんという」

「善、と申しやす」

「善兵衛か、善左衛門か」

「へい、善吉で」

「いい名だ。なりわいは？」

「でえくで」

「でえく？　ああ、たくみのことか」

少将は、思わず、京の宮ことばがでた。

「江戸者だな」

「芝でやす」

「芝の大工が、なぜわたしの部屋などにまぎれこんでいるのだ」

「いいえ、もう小半刻もこうして置いてくだされば、だまって出ていきます」

「旅籠を？――」

「へい」

「すると――」

この男は、海道を歩いていて、なにか事故があったためににわかにこの旅籠にとびこみ、そのままそっと抜け出そうというらしい。

「どこへいく」

「めあてはございません。とにかく江戸を離れたい一心で無我夢中でここまで歩いてめえりやしたが、それが……」

男は、だいぶ少将に人なれてきたようだった。

「追われているわけだね」

「へい」

目だけは相変わらずおちつきがない。

（江戸とは、よほど住みづらい所とみえて、これで追われ者はふたりめということになるな）

はじめは、旗本の娘だった。こんどは、大工というわけなのである。

「そこでおびえているより、ここへきて、わけを話してみたらどうだ。そのほうが気持ちがおちつくかもしれないし、事によっては、わたしも力になってやらぬでもない」

「へい」

男は、しばらく思案をしていたが、やっと決心がついたらしく、遠慮ぶかげににじり寄ってきた。やがて、顔をあげた。

「わっちは、芝今入町の俗に比丘尼屋敷と申しやす公儀の御用屋敷にお出入りをゆるされていたでえくでございます」

「それはたいそうな大工だ」

少将は、ひざの上のたばこくずを払って、善吉の話をきいてやる身構えをした。

2

善大工はまだひとりもので、芝七軒町のお灸長屋の一軒を借りて母親といっしょに住んでいた。親方は、公儀の御用大工をつとめる治右衛門という者だった。芝今入町の比丘尼屋敷の普請は治右衛門の請け負った仕事だが、善吉がきもいりになり、去年の春から夏にかけて、仕事のために出入りした。

ところが、今年にはいってから、善吉の身辺に数度にわたって奇妙なことがあった。

「どうしたのかね」

少将がきいた。

「母親が」

善吉は、おびえた目を見ひらいた。

「死んだのでございます」

「定命だったのか」

「さあ、それが」

善吉は酒もたばこもたしなまなかったが、若いのに似合わず茶がすきで、いつも仕事が終わってから宇治の玉露をのむのが唯一のぜいたくだった。その宵、家へ帰ると母親がいつものように茶のしたくをしてくれていた。

「仕事の帰りに新町（治右衛門の家）に寄ったら、到来物のようかんをくだすった」

包みを母親にわたし、

「せっかく甘いものがあるんだから、おっかあも一服やらねえか」

「ようかんはいただくがね、しかし」

母親は、宵にいい茶をのむとあたしは寝つけなくなるからいやだ、といった。

「だいじょうぶだよ」

善吉はむりやりにすすめた。母親は、こわごわ、備前ものの小さな茶わんに口をつけて、ふたすすりばかりすると、茶わんをおいて申しわけなさそうにわらった。

「あたしは、やっぱり、いやだ」

「しようがねえな」

善吉は、ようかんを手にとった。口の中をうんと甘くしてから茶をのむつもりだったから、茶わんにはまだ口をつけていなかった。口の中のようかんをのみくだそうとしたとき、あっと声をあげた。

目の前の母親の顔が蒼白になった。物もいわずにつっぷしたのである。畳の上に顔をつけて、吐瀉をした。両足をつっぱり、からだをえびなりに曲げると、はげしく苦悶しはじめた。

おどろいた善吉が背中をさすったときは、すでに息が細くなっていた。

善吉が、表へとびだして大声で長屋の者をよび入れ、けんめいに介抱したが手の施しようがなかった。近所の医者が不在で、外科がきた。医者がきたときは、すでに母親は息を引きとっていたのである。

「ようかんがわるかったのか」

「いえ、ようかんはあっしも食べたんですが、どうってことはなかったんです」

「では、茶だな」

少将はくびをひねり、

「医者は、なんといっていた」

医者はよほど藪医だったのか、卒中という診断をくだしたというのである。しかし、吐瀉物に異様な臭気があったし、棺におさめるときの皮膚に、心なしか青く濁った斑点ができているように思われた、と善吉は少将にいった。

「医者に茶の話はしたのか」

「いたしました」

話したが、医者は、茶を飲んで死んだ話はきいたことがない、と取りあわなかったそうである。

「ばかな医者だな。ところで、あんたはあとで茶をしらべたか」

「いいえ、こわくなって捨てました」

「これは取りつく島もない話だ」

少将は、ため息をついた。江戸の庶民というものは、奉行所にかかわりができるようなことは、できるだけ、隠しおおせたいという本能のようなものをもっているのだろうか。

ところが、母親の葬式を出してちょうど十五日めのことだ。その日、はじめて善吉は仕事に出た。いつもより手間がかかって、仕事場を出たときは、日が暮れていた。増上寺山内の最勝院のへいのところまで通りかかったときである。

いきなりへいのかげから男がとびだしてきて、善吉を足払いにして地上に押し倒し、馬乗りになって首をしめた。声も出なかった。倒されるときに道具箱が落ちて、のみやかんなのたぐいが地に散らばった。

善吉は必死に手を動かした。手のさきにのみが触れた。夢中でそれをにぎって、男の右肩をついた。にぶく骨にあたる手ごたえがした。

男は、飛びのいた。善吉が大声をあげると、そのまま肩をおさえて逃げ去ったという。うしろ姿が、どうやら侍らしかった。

「立ち入ったことをきくようだが」

少将は善吉をみた。

「あんたは人にうらまれるようなことをしたのかね」

「いいえ」

善吉は、首をはげしくふった。

「思いあたることはないのだな」

見つめられると、善吉はおどおどと目をそらした。

「思いあたることがなければ、なぜ江戸から逃げだす必要があるのだろう」

逃げねばころされます、と善吉は悲鳴に似た声でいった。江戸を去る前々夜にも、町内の暗がりで、すれちがった武士がいきなり抜き打ちで斬りかかってきた。善吉の身が軽かったのと、武士の技量がよほど拙劣だったのが、善吉に幸いして、あやうく逃げることができたが、これ以上江戸にいてはこの身がどうなるかわからなかった。さいわい、江戸でいま抜け参りがはやっている。商家の手代などで、主人にことわらずに姿を消しても伊勢へ抜け参りしてきたといえば、公然と通るのである。善吉は家主に手形を作ってもらい、棟梁にも告げずに江戸をたった。

ところが、六郷の渡しを渡ったころから、中年の武士がふたり、あとをつけてきた。気のせいではなかった。善吉が生麦で茶屋にはいればそのふたりもはいってくるし、神奈川の木賃にとまると、巡礼、旅芸人などにまじって、武士たちも木賃にとまった。遊行坂では、善吉は必死に足を早めた。それにつれて、ふたりの武士も足を早めるのだ。

藤沢の宿まできたとき、善吉はたまりかねて、旅籠柏屋にとびこんだ。すすぎの水を使っているときに、武士もはいってきた。あわてて、宿の女の案内もまたずに二階へあがり、少将の部屋にとびこんでしまったというのである。善吉の計略では、かご抜けの要領でこのまま裏口から逃げだし、夜道を駆け通そうというつもりなのだった。

「では、そのふたりの武士は、この旅籠のどこかで、まだうろうろしているわけだな」

「へい」

「おそらく、その執念ぶかさからみて、あんたは早晩ころされるだろう。苦労して逃げてもほねおり損だから、いっそむだを省くために武士の前に首をさしだしたらどうだ」

「し、死にたくはございません」

「そんなものだろうか」

「あたりまえでございます」

「では、わたしに罪状を吐いてしまえ」

「そ、それだけは、申せませぬ」

「わたしは、力を貸してやろうというのだよ。こうしてひとつ部屋になったのもなにかの縁だから、場合によっては、その武士を追っぱらってやってもよい。しかし悪人の手助けはごめんだからな。理由をきいてから、手を貸すか貸さぬかをきめようと思うんだ」

「おたすけくださいますか」

「わけをきいてからね」

「おねがいがございます」

「なんだ」

「わけは申しあげます。しかし、聞いたあとは、旅の男がなにかうわごとのようなことを申しておったと、お聞きすてくださいませぬか」

「むずかしいな」

「このとおりでございます」

善吉は、手をあわせた。

「拝まれるほどのご利益はないかもしれないが、せいぜい忘れることにしよう」

3

芝今入町にある比丘尼(びくに)屋敷とは、べつに円頂黒衣の比丘尼らがいるわけではない。

将軍が死ぬ。——その寵愛をうけた側妾(そばめ)たちは、当然、住みなれた大奥を去らねばならなかった。彼女らは、俗称比丘尼屋敷とよばれる御用屋敷にひきうつって、押しこめ同然に世を送らされるのである。

お笛もそうしたなかのひとりだった。

番町に屋敷をもつ書院番大須賀恒之助という旗本の妹で、嘉永四年六月、十六の年で奉公にあがり、十七の年に、島田振袖姿で、お庭お目見えというものをさせられた。庭を、盛装のままで歩かされるのである。将軍があずまやのなかから容姿を検分する。気に入れば、御中臈（ごちゅうろう）としてその夜からでもお手付きになる。お笛も、自分の意思とは無関係に、そうした大奥のしきたりのなかで、当時六十歳であった将軍家慶のお手付き中臈になった。

家慶は数度、お笛のからだをなぐさんだが、翌年にはいって健康を失い、お笛が中臈になってちょうど一年めに病没した。

お笛は、ほかの十数人の側妾とともにそのまま大奥を去って、比丘尼屋敷に移った。城をさがるときに、「慎徳院天蓮順誉道仁」という家慶の位牌をもらった。余生を、この位牌につかえて送れ、というのである。お笛が十八の年であった。

外出といえば、家慶の廟所のある増上寺への墓参、まれに御本丸へのご機嫌伺い、諸方の寺参りがゆるされているだけで、その朝夕は獄中にあるのと変わりはなかった。
七、八年を経た。
ひと昔まえに、老人に開花させられたお笛のからだは、いたずらに成熟した。

善吉が御用屋敷に出入りしはじめたのは、そのころであった。

善吉がお笛をはじめて見たのは、春のまだ寒いころで、お笛は自分の部屋にいけるための梅の枝をもって、ぬれ縁を通りかかった。

――善吉は庭にいた。

目を伏せて通るお笛の姿に、人の世にはこれほどの美しい女性もいるのか、と思った。

そのとき、お笛のもつ梅が、ついいに触れたらしく、一輪だけ、ぬれ縁の下にこぼれ落ちた。善吉は、

「あ」

と声をあげた。かけがえのない美しいものが無残に落ちたように思われて、夢中で、

「もうし」

と声をかけた。手に梅の花をつまみあげていた。このとき、ほかにだれかが見ていれ

ば、善吉は即座に屋敷を追われねばならなかったはずだった。だれも見ている者がなかった。恋の最初の幸運というものは、往々、その恋の終末に手ひどい不幸をもたらすものかもしれない。

（なにか、御用か）

といった目を、お笛は善吉にむけた。善吉は、声が出なかった。手のひらの上に、梅の一輪がふるえながら載っているのを見たお笛は、

「まあ」

と、くちびるを小さくあけた。梅は、すでに数片の花びらのざんがいにしかすぎなくなっていた。梅を見、善吉をみた。お笛の目に涙があふれた。お笛の半生のなかで、異性の優しさに触れえた機会は一度もなかった。

「梅を」

「いいのです」

お笛は、やっとそれだけいって、顔を赤くした。

「いただいてもよろしいのでしょうか」

善吉はいった。

この恋の最初の幕では、お笛のほうが狡猾だったかもしれない。かの女は、すばやく知恵をめぐらした。

「もしそれがほしいなら、わたくしは毎日この刻限にここを通ります。それをひろってくだされればよいでしょう」

その翌日も、翌々日も、おなじ情景が、ふたりの間でくりかえされた。天地のほかに知る者のない僥倖が、かれらを大胆にした。三度めのとき、善吉は思いきってお笛の手をにぎった。お笛はじっとしていた。

四度めの逢瀬のときに、お笛は小さく折りたたんだ紙を、善吉にわたした。

紙には、屋敷の間取りがえがかれ、自分の部屋の位置にしるしをつけてあった。――その横に、「子の刻に雨戸をわずかにあけます」という意味のことがかかれてあった。

今宵、忍んでこい、ということだろう。

仕事がおわれば、大工や下職たちは、門番にいちいちあいさつをして出ていく。善吉は、いつものように普請場の火の始末を検分して最後に門を出た。いったん門を出てから、門番の油断を見すかして、そっと門の内側に身を忍ばせた。見とがめられれば、火の始末が気になったので引きかえした、というつもりだった。

善吉は、床の下に身をかくした。日が暮れ、夜がふけるまで、ながいあいだ、身をかがめて、時の過ぎるのを待った。子の刻の鐘を数えおわったとき、善吉は身を移して、お笛の部屋の下までいき、ぬれ縁に顔を出した。雨戸が薄めにあいているのをみたとき、善吉は盗賊のようなすばやさで、そのすきまのなかに身をすべりこませた。

部屋には、かつての将軍の寵姫の部屋にふさわしく、高雅な香が薫(くん)じられていた。お笛は待っていた。

「あなたは、善吉と申しますか」

お笛はいった。

そういうだけが、せいいっぱいだった。人の世界といえば大奥のお錠口の内側より知らず、その後は、十年ちかい歳月を、この女牢のような屋敷ですごしてきた。

「さようでございます」

善吉も、身を堅くした。

ふたりは、四半刻も、そのままじっとしていた。それ以外に、どうふるまっていいのか方法を知らなかった。

薄いあかりが一灯、ついていた。外へ灯がもれるのをおそれたのだろう、お笛はなに

げなく、

「あかりを消させていただきます」

といった。

闇がきた。

闇がくれば、前将軍の寵姫も、大工も、ただの女と男に変わりはなかった。女と男は、走り寄るようにして、抱きあった。

物もいわなかった。

夢中で、からみあった。善吉は、お笛のかぼそいからだのどこに、これだけのはげしさがかくされていたのか、とおどろいた。お笛は絶えだえになりつつも善吉のからだを放さなかった。それは情事というよりもまるで、自分の青春に復讐を加えているようなすさまじさがあった。

夜がしらむまえに、善吉は部屋を出て、ふたたび床下にもどった。いつもの刻限がくるころ、かれは普請場にはいって、なにくわぬ顔で仕事をした。さいわい、だれにも気づかれずに済んだ。

その後、お笛が寺もうでに出るたびに、善吉としめし合わせて、出会い茶屋などで忍び会った。

それがしだいに人の口の端にのぼるようになったのは、去年の秋もおわるころである。

「どうやら、屋敷の人々も気づきはじめたようです。こうして忍び会えるのも、これが最後になるかもしれませぬ。善吉さんは、いっそわたくしと――」

といったきりで、お笛はあとはいわなかった。いうのがおそろしかったのだろう。男女の相対死は、きつく禁じられていた。死がい取り捨てのうえ、葬儀も出さないという。前将軍のお手付き中臈が心中者になったといえば江戸じゅうの騒ぎになるだろうし、兄の家も無事にはすむまい、とお笛は了見した。

善吉もだまっていた。かれはかれで、あとに残す母親のことを思えば、そのことばを口出しするのがこわかったのだろう。

恐怖が、ふたりの仲を疎遠にした。その後お笛のほうからなんの沙汰もなかったし、そのうち、普請がおわって、比丘尼屋敷に出入りすることができなくなった。数ヵ月を経た。

4

「それで、どうなった。――」

少将は、旅装束の江戸大工に聞いた。

「へい」

ひざをつかんでいる善吉の両手が、目にみえてふるえはじめた。

「お笛さまは、おなくなりになったのでございます」

「死んだ？」

「へい」

お笛付きの部屋かたであった女が、善吉の長屋をさがして、知らせにきてくれたというのである。

さる日の夕方、お笛の実家大須賀恒之助方から、当主が急病だ、という口上で迎えの女乗り物がきた。お笛がいそいで実家へもどると、乗り物はそのまま庭へ回された。お笛は乗り物を出ようとした。からだが半ば外へ出たとき、お笛の首は地にころがった。

「兄が手討ちにしたのか」

「へい」

「外聞をはばかったのと、累が自分の家におよぶのをおそれたのだろう。そのほうをこの世からなきものにしようとしているのも、大須賀家だ。生かしておいては、下郎のことゆえ、なにを世間にいいふらすかわからない。……そうだろう」

「へい」

男は、青くなってからだを縮めた。少将は、この男があわれでもあり、おかしくもあった。下郎に似合わぬ恋をしたために、江戸じゅうが刃物になってこの男を追いかけているようなものだった。

「大坂へでもいくがよい。かの地は町人の都だから、恋のさたを刃物で切るようなこわい話は聞かない。手に職があれば、どの町にすんでも食うに事欠かぬだろう。わたしが請け人になった旨を書いておいてやろう」

「おそれながら、どなたさまで」

善吉がたずねた。

少将は聞こえぬふりで矢立てをとりだし、懐紙に数行の文字をしたためると、

「これをもって、大坂道修町小西屋総右衛門という仙女円の本舗をたずねるがよい」

鐘が鳴った。

この先の遊行寺の鐘だろう。

「あれは四ツか」

少将はひどく空腹をおぼえて、自分がまだゆうげを食べていないのに気づいた。

「そのあたりに、わたしの膳部があったはずだが」

「あ、あれは」

「なんだ、おまえが食べたのか」

少将は善吉の背後にある膳をみておどろいた。この部屋に飛びこんだ善吉は、ちょうど膳部が置いてあったのをさいわい、夜道の備えに食べてしまったもようなのである。

(おとなしそうにみえて、なかなかいのちの強靭な男のようだ)

少将は感心した。

――善吉は、相変わらずうなだれていた。

薩摩者

1

藤沢から神奈川の宿まで、ざっと、五里とすこしの道のりがある。神奈川の宿場は、町の長さ十五丁、戸数四百軒、ここから江戸まで、あますところ、七里しかない。

右手に海がみえる。沖合いに黒い煙が望めるのは、幕府の軍艦だろう。

宿はずれまでさしかかったとき、少将則近は、いきなり四人連れの武士に土下座された。

「おそれながら、京の高野少将則近さまではございませぬか」

「そこもとは」

「薩藩士益満休之助と申す者でござりまする。以後お見知りおきくだされますするよう」

少将も、その名は聞きおよんでいた。幕権がゆらぎはじめた今日、幕府の対抗勢力としての薩摩・長州といった西国の雄藩の政治地位が、日に日に重くなりつつあった。そういう情勢のなかで、藩の実力を背景に、諸藩の志士や攘夷浪士の間を周旋してまわる実力派の藩士が簇出した。長州の桂小五郎、薩摩の西郷吉之助、同じく益満休之助という名まえが、ときに町人の口のはにまでのぼる時勢なのである。

「なにか用か」

「お迎えに参上つかまりました」

「迎えに？」

「いかにも」

「まず、立ってもらおう」

浪人体の少将に、供をつれたりっぱな武士が路上で平伏している図は、往還のはげしいこの宿はずれの人目をひくのにじゅうぶんだったからだ。

「ならんで歩いてもかまわないぞ」

武骨な益満が、少将の右に寄りそった。

「なぜ、わたしの江戸くだりがわかったのか」

少将は、ふしぎに思った。京の青蓮院の門跡尊融法親王に命ぜられて、公家密偵として海道を江戸へくだりつつある。この事実を知っているのは、今上と法親王、それに

それを探知した幕府の京都所司代支配の雅客だけのはずだったのだが、益満は、いかつい顔をほころばせて、

「蛇の道はへび、でごわすからな」

と笑って、説明を避けた。

益満休之助は、江戸三田にある薩摩屋敷に詰めている定府の士である。江戸屋敷の益満が迎えにきたというのは、少将東下の知らせが、京の薩藩の策謀家たちから早飛脚でとどいたのであろう。経路は想像できるが、なぜわざわざ迎えにきたのかがわからなかった。

「なあに」

益満は潮風を大ぶりに吸いながら、

「他意はござりませぬ。京の連中がお迎え申しあげいと申してまいったゆえ、こうして出むいてまいっただけでごわす」

事実、屈託も他意もなさそうな顔で、終始微笑を絶やさなかった。

「たしか、青蓮院の宮のご密旨により、東国の事情をさぐれ、というのがお役目でござりましたな」

「よく知っているな」

「蛇の道でござりまするゆえ、な」

「さぐれというほどのおおぎょうなことではない。公家も、京のそとの事情に明るくならねばならぬ。身分をかくして道中をし、海道と江戸の事情に通じてこい、というのが、役目といえば役目だろう」

「いかさま、ご苦労なされましたでごわそう」

「いや楽しかった」

「所司代の諜者が、しきりとご身辺をうかがい奉ったと聞き及びまするが」

「よく知っているな」

「これしきのことを知らでは、天下のことは論じられませぬ」

「薩摩ともなれば、たいそうなものだな。しかし、そう情報を得るために、薩藩は、海道に密偵を常時うろつかせているのか」

「密偵を、でござるか」

益満は急に真顔になり、

「さよう。それがまた、たいそう美しい密偵でごわす」

「美しい？　女か」

「さよう」

益満がうなずいたとき、うしろから胴間声がかかった。ふりかえると、馬子だった。ひとりやふたりではなく、十人ばかりが、ぞろぞろと道幅をうずめて歩いてくるのだ。

「もどり馬じゃ。やすくしておくゆえ、乗らんか」

「いらん」

益満が、前をむいたままいった。

「乗りゃんせ」

益満は、だまって歩いている。

「乗りゃんせ、乗りやんせ」

口々に、はやしをつけてわめきはじめた。

「馬子、雲助のたぐいと申すのは、群れると強うなるものでごわすな」

益満は苦笑しながら、そしらぬ顔で歩いていたが、馬子どもの喧騒はやみそうにない。少将は、益満のこめかみに青筋が動きだしたのをみて、

「相手になるな」

と押えた。この往来で騒がれては、京を出て以来、せっかく身分を秘匿しつづけてきた自分の努力が、水のあわになってしまうのだ。

「高野様」

「なんだ」

「おおせはご無理でござりまするぞ。益満休之助と申すのは、かんしゃくもちで知られた男でごわす」

微笑でごまかしてはいるが、益満はかんしゃくがつよいうえに、自源流の刀術では、薩摩の江戸屋敷随一という腕の持ち主だった。

「がまんせい」

「おん前では、いたしかたござりませぬな」

「乗りゃんせ」

「乗りゃんせ」

馬子は、相手がおとなしいとみて、かさにかかりはじめた。はやしているうちに、相手が根負けするだろうというのが、かれらのむじゃきな商法だった。

それが、図に乗りすぎたのかもしれなかった。かれらのひとりが、手づなをちぢめて、馬の鼻さきを益満の右肩の上までのばしてきた。まぐさ臭い馬の息が、益満の首すじにかかった。

少将が、制止する間もなかった。益満の気合いが短くほえたかと思うと白刃がきらめき、手づなを握った馬子の左腕が、つけ根から斬り落とされた。

いったん落ちた腕が、ふたたび弧をえがいて空中におどった。そのまま、風の中を流れはじめた。馬がおどろいて、東へむかって駆けはじめたからだ。斬られた腕は、手づなを握ったまま、馬とともに走った。

「失礼つかまつりました」

益満は、歩きながら、頭を低くした。みごとな腰さばきだった。刀はすでにおさめていた。抜刀の瞬間も歩行をとめないのは自源流の特徴なのだろう。少将は、そういう刀術をはじめてみた。

「益満」

「は」

「あれが薩摩のお国ぶりか」

あれが、といったのは、益満休之助の刀術をさしたわけではない。益満の刀術よりさらにみごとだったのは、益満が抜刀すると同時に、益満がつれていたふたりの薩摩武士が、手も見せずに抜刀して、馬子の群れの前に立ちはだかったことだった。

いずれも、益満の家士ではなく、下僚の藩士に相違なかった。かれらは、益満とともに馬子を斬ろうとして刀を抜いたのではなかった。その証拠に、刀先をたれたまま、からだを微動だにさせていないのである。

「斬ったのはおれだ」

そのうちのひとりが、低くいった。それをいうために、かれらは益満と同時に刀を抜いたのだ。少将と益満を行かせておいて、あとの紛争は、かれらがかぶる。別に事前に打ちあわせたのでもないのに、益満とかれらの呼吸は、舞をみるようにみごとだった。

「見捨てておいてよいのだな」

「よろしゅうございます」

益満は、顔も変えずに歩いている。

「しかし」

少将は、まだ割りきれないものが残った。かれらの犠牲はよい。が、それを見捨てたまま、自若として現場を離れていく益満の立場が、卑怯といえばいえるのではないか。

益満は、そういう少将の気持ちを察して、

「余州は知らず、あれが薩摩の武士道でごわす」

といった。

「島津の捨屈(すてかまり)か」

「さよう。ようごぞんじでござるな」

慶長五年九月、関ガ原における西軍島津勢の退却戦は、負けたりとはいえ、その後、徳川家をして島津家を畏怖せしめつづけてきた凄絶な戦闘だった。西軍の敗北が決定したとき、それまで無傷だった薩摩兵千人は主将島津惟新入道義弘を押しつつんで、放胆にも、十万の勝利軍のむらがる前方にむかって退却しはじめた。乱戦のすえ、伊賀、大和へ抜け、堺で船に乗ったときは、生き残る者わずか八十人だったという。このとき島津軍が用いた独特の殿軍(しんがり)戦術が「捨屈」だった。本隊が退いたあと、道の両わき十数間ごとに、点々と狙撃兵を捨てておく。敵が追ってきたとき、最後端の狙撃兵が射撃をえると、すぐ最先端に走っていって再び伏せる。それを繰りかえすことによって敵の追撃を遅らせるのだが、かれらはむろん、生還は期しがたい。いずれは敵の怒濤の中に姿を没し、しかも、武士としての功名さえ、味方の主将に知られることがない。

個人の功名にすべてをかけた戦国の武士のなかで、自軍の組織のために犠牲になる精神は、薩摩のきわだった家風といえた。

こういうささいな事件にも、一見他人からみれば無気味とさえいえる薩摩の組織精神をみたとき、少将則近は、幕府を倒すものはだれかという答えが、おのずから出るような気がした。

2

神奈川宿の本陣石井源右衛門家の門前に立ったとき、さすがに少将則近は、益満休之助の無謀にあきれた。

門前に、

高野少将様御宿

と、木の目もあたらしい関札がかかげられていたのだ。

「わたしは、この道中、すべて旅籠にとまってきた。考えてみろ。公家が旅をするのに、所司代にも届け出ず、幕府の道中奉行も知らない。本陣にとまれるはずがない。京にいるはずの則近が、神奈川の本陣にいたとなれば、累は当今（天皇）にまで及ぶかもしれぬぞ」

「申しわけございませぬ」

口ではいったが、益満の顔はにこにことほころびていて、いっこうに申しわけなさそうでもなかった。

部屋におちつくと、主人石井源右衛門が裃を着用して型どおりのあいさつにきた。

諸事、旅籠とはかってがちがっていた。女中が給仕に来るわけでもなく、食事さえ出ない。

本陣にとまり得る者は、大名のほか、公家または公用の幕府役人にかぎられている。いずれも、身のまわりを世話する供をつれた身分の者ばかりだから、本陣は寝とまりをさせるだけで接待の人数までは常備していないのだ。

（益満はどうする気だろう）

供をひとりも持たない四位の右近衛少将は、広い座敷にごろりと寝そべりながら、おかしくなった。

益満が、たすき姿ではいってきた。

「どうしたんだ」

「益満休之助が、お料理をつかまつる」

「これはたまらぬ」

少将は起きあがって、

「人を斬った手で魚を料るのか」

「ご安心くだされ。さきほど申した美しい薩摩の諜者が、わたしの手助けをしてくれます」

「薩摩の諜者？　だれだ」

「ただいま、これへ」

益満がふりかえった襖が、すっと開いた。暗い廊下で、頭をさげている女がいた。

だれだかわからない。

益満が一礼して、

「お目通り願わしゅう存じます」

「近う寄るがよい」

女が進み出た。

「頭をあげよ」

女が顔をあげたとき、少将はまたも驚かねばならなかった。

「なんだ、おまえはお悠ではないか」

お悠は、首すじを赤くして、すぐ顔を伏せた。

「なぜ、こんなところにいる」

お悠が絶句するのをみかねて、益満が、

「お悠どの、わしが、申しあげよう」

と引きとった。

伊勢の四日市で少将一行に別れたお悠は、いったん大坂いきの便船に乗ったが、少将のことが忘れられず、せっかく乗船した船を捨てて、一日おくれて尾張の宮へ渡海したのである。宮から陸路、かごにのって少将のあとを追ったが、ついに行きあわずして江戸にはいってしまった。

（どうしよう）

途方にくれたらしい。三田の薩摩屋敷にとびこむことを思いついたのは、お悠にしてはできすぎた才覚だった。

薩摩は宮方に同情的な藩だし、今後もいよいよ京都の宮廷に接近して、宮廷を立てることによって新しい政治勢力の中心にのしあがろうとしている様子が顕著だった。少将が江戸にはいれば、きっと薩摩屋敷にはいるだろう。立ち寄らぬまでも、三田の屋敷にはだれか少将の消息に通じている者がいるかもしれないとお悠は思った。

「高野少将が……」

お悠の闖入によって、ひとりの公家が江戸にはいろうとしているという意外な事実を知って、薩摩屋敷は大騒ぎをした。第一に、その孤独な公家を守るのは薩摩しかない、という純粋論がおこった。第二に高野少将を守ることによって、宮廷における薩摩勢力の扶植に役だてようという意向も動いた。

さっそく益満が迎えの使者に立った。お悠を神奈川の本陣に泊めておき、宿はずれで丸一日、少将の来着を待ったのである。

「それで、お悠はいつ薩摩の諜者になった」

「いや、あれは拙者の悪じゃれでごわした」

益満は、頭をかいた。お悠の口から少将の難渋のさまざまを知った、というだけのことだった。

ゆうげを終えたころに、宿場役人があいさつに参上した。様子をうかがうつもりだったらしいが、もとより宿場役人ごときに四位の少将が謁見するはずがない。高野家の家臣と名乗る益満休之助が、適当に撃退したようだった。役人も、おとなしく引きあげた。あとで益満から報告をきいて、

「それで済むかな」

少将は半信半疑だったが、益満はいたずらっぽく笑って、

「高野様が京をたたれたときよりも、一段と天下の情勢がかわりました。幕府の勢威は日一日と落ち、かわって天朝のご威光が大きくのびつつあります。ひと月まえの宿場役人なら踏みこんでも疑わしきは調べたでござりましょうが、いまは後難をおそれるのみでごわそう。ご身分をかくすよりも、いまはむしろ公然とお名乗りあそばすほうが、かえってお身が安全でござりまする」

「そうもなるまい」

「万一、幕吏が事を荒らだてるごときことがあれば、益満休之助が、一死もって奉公つかまつりまする」

「一死奉公は迷惑だな、公家の身分をあらわした以上は、無用の騒ぎは好まぬぞ」

少将は、くぎをさした。

益満はいい男にはちがいない。一死奉公も、うそではなかろう、と少将は信じた。少将の身に危険がせまったときは、身をていして奮迅するに相違なかったが、その底に大きなうそがある。べつに高野則近のためではないのである。

宮廷勢力の先物買いに乗りだした薩摩藩の政治的意図に忠実であるにすぎまい。というのが酷なら、いまはやりの尊王攘夷を、則近という生き身の公家を相手に満足させようとしているようであった。

(累代、公家はかつがれるだけの存在なのかな)

益満がこの道中で会った第一の好漢であるだけに、少将は寂しさをおぼえた。——益満の顔をみていると、ふと、尾張で別れたきりの百済ノ門兵衛をおもいだした。

(そう)

少将の顔がひとり笑えてきた。

(あいつも、おれを利用した。もっとも、あの男の場合は、おれを仙女円という薬の吹聴に使おうとした。薩藩にくらべれば、ずんとむじゃきな野望だ)

「お悠」

「はい」

声をかけられて、お悠はうれしそうに顔をあげた。

「門兵衛とはその後会ったのか」

「いいえ、宮で別れたきり……」

「いまごろ、どうしているかな」

「海道のあちこちを駆けまわって、禁裡はんをさがしたはりますやろ」

「そうだろう、商売にさしつかえるからな」

「ほんまに、商売熱心なおかたです」

お悠は、うわのそらで相づちをうった。益満さえそばにいなければ、少将のふところへとびこんで、抱かれたくてじりじりしているのだ。

3

夜がふけた。

ひとつ部屋にふた流れの床が敷かれていたが、いつの間にか、お悠は少将の床のなかでからだをちぢめていた。

「お悠、寒いのか」

「いいえ」

「なぜ、ふるえている」

「わからへん」

「からだを楽にするがよい」

「こう？」

お悠は、すこしずつからだをひらいた。少将はお悠に触れた。その瞬間からお悠は地上から消えた。激情が白い四肢をそなえて、少将の腕のなかで、はげしくくねった。

鐘が鳴った。

二更の鐘だろう。

ちょうどその鐘を、本陣石井源右衛門家の門前で聞いていたふたつの影があった。

「門兵衛どの」

背のひくい影が、声をひそめていった。

「なんじゃい」

「高野少将様御宿、と読めまするな」

「青不動」

百済ノ門兵衛は、へいのあたりをなめるように見すかしながら、あごをあげて、

「さぐってこい」

「へい」

青不動は、へいに沿って消えた。

(妙やな)

門兵衛は、門のそばに腰をおろしながら、なぜ少将が身を明示して、本陣にとまることになったのかが、わからなかった。

(しかし、これでやれやれじゃ)

少将を見失ったとあれば、道修町の小西屋総右衛門に合わせる顔がないのだ。門兵衛の役目としては、少将の首に綱をつけても大坂へ連れもどして、小西屋の養子にしなければならなかった。

「だいじな商売の玉や」

さすがに門兵衛は口にこそ出さなかったが、少将に逃げられては、元も子もない。

門兵衛は、立ちあがった。念のため、もう一度関札の文字をたしかめてみようと思ったのだ。

そのとき、門兵衛をとりかこんだふたりの影があった。ひとりが、おい、といった。

門兵衛は、ぎょっと、ふりむいた。

「何バしちょる」

「わいか」

門兵衛は、ゆっくりふりむいた。

「見物しとるのや」

「なにをじゃ」

「関札をながめとる」

「この夜ふけにか」

「うるさいな」

門兵衛は、立ち去ろうとしたが、ふたりは前後をかこんで動かない。

「うろんなやつ」

薩摩者がいった。さきほどの馬子との紛争のあと始末をして、いま立ちもどったばかりの益満の下僚たちである。

門兵衛は、むろん、そういういきさつは知らなかったが、薩摩弁を聞いて六感にひびくものがあった。

(ひょっとすると――)

少将は、薩摩者につかまっているのではないか、薩摩は勤王の雄藩だから少将の身には気づかいはあるまいが、それだけでは門兵衛としてはうまみはない。門兵衛には門兵衛の立場がある。少将の身がらを薩摩者にとられてしまっては、このさき、門兵衛の意図どおりにならぬはめに落ちるかもしれない。

「名をいえ」

薩摩者がいった。ひとりは、すでに刀のつかに手をかけていた、かれらは、門兵衛を、その挙動からみて、幕府の偵吏だと思っているのだろう。次第によっては、容赦なく斬りすてかねない様子を示していた。

「大坂の百済ノ門兵衛という者や」

「いずれの藩か」

「大坂に藩などあるかい。気随気ままにくらしとる商い侍じゃ。――うぬらは」

門兵衛は、必要上、どすのきく声を出してみせながら、

「薩摩者やな。江戸なまりのあるところをみると、島津家の江戸屋敷の者と見た。どうや、わいのいうこと、ちごうたか」

相手はだまった。

薩摩者にすれば、もう論議の必要はなかった。あとは、この明らかに挙動のあやしい男を斬るだけが仕事だった。

そのとき、門兵衛にとって不幸なことがおこった。へいのむこうから、青不動が顔を出し、不用意にも、どさりと路上におりてしまったのである。挙動不審が決定的なものになった。

（しもうた）

門兵衛が思ったときはおそかった。ふたりの薩摩者の剣が同時にさやを走って、門兵衛の頭上に落ちてきた。

江戸へ

1

　本陣石井源右衛門の手代が、益満の部屋にはいってきた。益満は、独酌のさかずきを置いて、

「お呼びたてしてすまん。江田と伊集院は、まだもどらんですかな」

「まだのようでござります」

「それは、こまったな。おそらく、宿役人とでももめているのであろう。すまぬが、ちょっと様子を見にいってくださらんか」

「はい。――では」

「あ、ちょっと」

「なんでござりましょう」

「少将様と女性は、よくおやすみかな」

「そのようなご様子でござりまする」

「重畳々々」

益満休之助は、ゆっくりと杯をほし、

（玉を無事江戸屋敷に送りとどけるまでは、時節がら、油断はならぬからな）

とおもった。

このところ、江戸の葵の市価が日に日に落ちているのにひきかえて、京の菊は大きく高騰しつつある。ところが、あがっている菊株を買おうと思っても、二百余年のあいだ、京の朝廷とつながりを持つことを禁じられてきた諸大名としては、接触の方法もなかった。かれらは懇意の公家をもたなかったのだ。

しかし、菊株の先物買いをした薩摩、長州の二大雄藩は、有能な家臣を京へのぼらせて、ひそかに公家との懇親をもとめていた。自然、公家にも、長州系、薩摩系、幕府系の三つの色わけができ、朝廷の会議は、その色わけの多寡で結論がでるということになりつつあった。

益満休之助が、三田の薩摩屋敷の意向をうけて、少将をこの神奈川で迎えたのも、高野少将則近という無色の公家を、この機会に薩摩にひきよせておきたかったからである。

（いずれ、江戸では少将に、薩藩としてはずいぶんと恩を売ることになろう）

当然のことだ。

江戸といえば、衰退しつつあるとはいえ、将軍のおひざもとなのである。幕府の許可もえずに潜入した公家を、幕吏がすてておくはずがなかった。

迫害が少将におよぶときこそ、薩摩は陰に陽に立ち働いて少将をかばおうというもくろみなのだ。京の公家に接近することは、薩長にとっては、もはや先物買いの冒険ではなく、政策とさえいえた。

（しかし、どうやら高野少将は、おおかたのお公家さんとは、すじがちがうようじゃな）

それだけは、護持役である自分の油断できぬ点だ、とおもった。

益満休之助は、みそをなめ、酒をあおった。今夜は、終夜、はかまを解かず、刀を引きつけたままで宿直をするつもりだった。

そのとき、本陣の手代が駆けこんできた。

「益満様、たいへんでござります。門前で、江田様と伊集院様が」

「変事か」

みなまで聞かず、益満は刀をひっさらって廊下へとび出していた。

「門前じゃな」

「はい。相手は、どうやら大坂者らしゅうございます」

「なんじゃ、大坂者か」

益満は拍子ぬけのした顔で、

「あきんどか」

「ことばつきはあきんどらしゅうございまするが、やはり刀を差しております」

「道中差しではないか」

「いえ、ちゃんと二本――」

「ほう、妙なやつじゃな。そういう男ならば、おそらくだいじはあるまい」

幕吏か暴漢でもふみこんだのかとおもったのだ。益満は、安堵して、手代の手燭に案内されながら、ゆっくりと廊下を歩いた。

そのころ、百済ノ門兵衛は、薩藩士江田と伊集院の最初の斬撃をあやうく避けたところだった。

「早まるな、早まるな」

門兵衛は手をあげて、

「うろんな者ではないわい」

「痴れたことを。尋常の者が、仲間を語ろうて、本陣をへい越しに忍び入ると思うか」

「まあそうや。しかし、そこにはわけがある」

「わけをいえ」

伊集院がいった。門兵衛は苦笑して、

「いえんわい」

「伊集院、容赦はいらぬ。斬れ」

江田が叫んだとき、門のくぐりが開いて、益満休之助が出てきた。

「暗いのう。おはんたち、そこでなにをしちょるか」

「あ、益満さん、ちょうどよいところにござった」

江田が早口の薩摩ことばで事態の説明にとりかかると、益満は手で制して、

「客人なら、お通し申すがよい。お話はなかでゆっくりうかがおう」

「客人ではない。夜盗でござるぞ」

「夜盗でもよか」

益満は、江田をしかりつけてから、門兵衛と青不動のほうへ笑顔をむけ、どうぞ、といった。門前で騒ぎをおこして宿役人の手にかかれば事がめんどうになる、とおもったのだ。

「伊集院、ご案内申せ」

益満はいった。

「は」

伊集院は、不承不承、門兵衛の前に進み出て、

「作法でござるゆえ、お刀を」

「ああ、刀か」

門兵衛は、腰のものをむぞうさに引きぬいて伊集院に渡した。

2

少将則近が起きあがったのは、門前から玄関にうつった騒ぎが、暗い廊下をつたわっ

て部屋まできこえてきたからではなかった。すでに、青不動がとなりの部屋まできて、ふすま越しに、門兵衛と自分とが門前まで参上している旨を、言上して立ち去ったからである。

「お悠」

「なあに？」

お悠は、まだ、内臓が気化していくような陶酔境のなかにからだをゆだねているらしかった。

「お悠の目、ねむうおます」

「門兵衛がきたらしいなあ」

「え？　門兵衛はんが」

お悠は目をあけ、しばらく意外な事態をのみこめないらしかったが、やがて床のうえに起きあがり、

「そら、あきまへん。お悠がこまるゥ。門兵衛はんを帰しとくなはれ」

「そんなにこまるのか」

少将は、お悠のこまる理由がよくわからなかった。

「こまります。お悠は、江戸三田の薩摩はんのお屋敷にごやっかいになって、益満はんから、少将様が薩摩屋敷においでになったらよくお身のまわりをお世話するようにといわれました」

「ほう、益満が？」

「少将様を薩摩屋敷におひきとめすれば、いずれはお悠を、薩摩の介添えで、少将様のお裏方でなくとも、お側室にでもさせてやろうともおっしゃられましたさかい」

「なるほどなあ」

　薩摩は、たまたまころがりこんだお悠という娘を足かせにして、少将を薩摩方に引きいれようという算段のようであった。

　すると、門兵衛こそあわれなことになるだろう。大坂道修町仙女円本舗小西屋総右衛門から請け負った約束を果たすために、このお悠をわざわざ旅へ連れてきたのは門兵衛ではないか。

「門兵衛がかわいそうだな」

「そんなこと……」

「ないか」

「うん」

お悠はうなずいて、

「門兵衛はんのようなお店もなにもない口ひとつの吹聴屋はんよりも、やっぱり、お悠は薩摩はんの裏判のほうを信用しますえ」

「なるほどなあ。門兵衛の負けかな」

少将は、徒手空拳で天下の薩摩藩に立ちむかっている百済ノ門兵衛の姿が、けなげに思えてきた。

その百済ノ門兵衛が、少将の部屋とは廊下ひとつをへだてた益満休之助の部屋で、もくねんと目をとじていた。

益満も、腕を組んでだまっていたが、やがて口をひらいて、

「どうじゃな。いま申したとおり、高野少将様は、島津七十七万石が保護し奉る。百済どのも、せっかくのきもいりでごわすが、このところは薩摩におまかせねがって、お引きとりくだはるまいか」

といった。

門兵衛は、にやりと薄気味わるく笑っただけで、答えなかった。

「お引きとり願えねば」

相手がだまっているために、益満は心ならずも多弁になっていた。

「貴殿を闖入者として処断する」

「処断？」

門兵衛は、やっと、口をひらいた。

「どうするのじゃ」

「斬り捨て申すわい」

「わいを？」

「念を入れるには及びもさん」

「斬れるやろか」

門兵衛は、ひとごとのように、心配そうな顔でいった。益満もさすがに気味がわるくなってきたらしく、

「おはんは、撃剣はどれほどでき申す？」

「はてな。薩摩ちゅうとこは、相手のできふできをきいたうえで人を斬るのかいな」

「いや、斬るときは有無をいわせぬ」

「そうやろ。突くなり斬るなり、どこからでも仕掛けてきたらええ」

「いや。——ただ、な」

益満はにこにことわらって、

「さきほどからお見うけするところ、なかなかおもしろい御仁のようじゃ。天下多難のおりから、こういう人材をむざむざと斬りすてるのは惜しい、と思うた。百済どの、おはんは、方今の天下をどう思われる」

益満は、百済ノ門兵衛の思想調べをしようというのだ。

「どうも思いまへんな」

「思わぬことはあるまい」

「攘夷開国勤王佐幕という今はやりの議論は大坂者には苦手でな。そんなことをほざく暇があったら、一文でも多う口銭をかせぐ」

「それはけっこうなことじゃが、どうであろう、高野少将様のお身がらを薩摩にあずけるほうが、少将のためであり、天下のためでもあると思われぬか」

「思わんな」

これでは、話はどこまで行っても押し問答のようだった。

3

「お悠、夜ふけですまぬが、茶のしたくをしてくれまいか」

「お茶でございますね」

用事をいいつけられたのが、うれしかったのだろう。お悠は、いそいそと身づくろいをすまして、廊下へ出た。手代を起こして、茶道具を整えてもらうつもりらしい。

お悠が出ていくのを見すましたあと、少将は、床の間の刀掛けから佩刀をはずして、立ちあがった。

「はて」

どうするか。——

少将は思案した。いくら公家が利用されるだけの存在だといっても、これではやりきれぬ、とおもったのだ。

（人間、えさなんぞにはなりたくないもんだ）

少将は、廊下へ出た。逃げだすつもりだった。

ところが、そうは事が運ばなかった。気配を察したのか、益満がふすまをひらいて、廊下にうずくまった。

「御用ならば鈴をお振りくださりますればよろしゅうござりますのに」

「用はないんだが」

少将は苦笑して、ふと、益満のうしろにうずくまっている男をみた。

「おう、百済ノ門兵衛ではないか」

「へい」

門兵衛は小さくなった。宮で少将に逃げられたのが、よほどこたえているのだろう。

「ご機嫌よろしゅう……」

と、がらにもないお世辞をいった。

「あの節は、きのどくだったな」

「へい、ずいぶんとお捜し申しましたが、もうこの先は、百済ノ門兵衛、形に従う影のごとくあんさんから離れんつもりだす」

「高野少将様」

益満が、背をそらして門兵衛をちらりと見、

「この者、当本陣をうかがい申したうろんの者につき、成敗いたそうと存じまする」

「うろん？」

少将は、ふきだして、

「なるほど、本来うろんの渡世の者にはちがいないな」

「笑いごとではござらぬ。あすは江戸でごわす。江戸の町でこのような者をお供になされては、お身のためにはなりませぬ。……ゆえに」

いったとき、益満は妙な顔をした。

「どうかしたのか」

益満は、くるしそうに絶句した。

「腹でも痛むのか」

「いや。……で、ごわすゆえ」

「わからぬな」

少将は、益満の様子を、じっと見た。ちょうど、廊下にあかりがさした。お悠がもどってきたのだ。

お悠のもつ手燭が、益満の姿を、あわく浮きあがらせたとき、少将はおどろいた。

そばにぴたりと寄りそってうずくまっている百済ノ門兵衛が、そでで手をかくして益満のわき腹にそっと短刀を擬しているのだ。手が動いているのは、益満がしゃべるたびに、チクチクと腹の皮を突いている様子だった。

「門兵衛、なにをしている」

とどなろうと思ったが、少将は口をつぐみ、べつに自分の知ったことではない、としいて薄情な表情を作りながら、

「益満も門兵衛も」

と、双方にいった。

「せっかくの忠勤、過分におもうが、まろはこのあたりで逃げるぞ」

「それはこまります」

益満がいった。

「わたしはべつにこまらないがね」

「いや」

益満は息を大きく吸いこみ、

「この将来（さき）、薩摩藩の心証を損じられては、少将様のおためにはなりますまいぞ」

「おどすのか」

「いかにも。おどし申しあげる」

益満には、べつに悪意はない。公家は、利で釣るか、おどしで頭をおさえるか以外に、始末のしようのないものというのが、おおかたの公家観だったからだ。

「それと申すのも、拙者おもうに、高野少将様がご機嫌を損じなされたのは、この門兵衛とやら申すうろんの者が闖入したからでござろう。――御前ながら」

益満が、また渋面をつくった。短刀のさきが、わき腹に触れたのだろう。

「御前ながら」

「おう、御前ながら？」

「益満、成敗つかまつる！」

いきなり、益満はそのままの姿勢で四尺ばかりはねあがり、同時にぎらりと抜いた白刃が門兵衛の首に、落ちた。

門兵衛には、油断があった。短刀で益満の死命を制したつもりだったのが、かえってわるかったのだ。

とっさに、門兵衛は観念した。じたばたしても、刀がない。瞬間、門兵衛は念仏を唱えた。百済ノ門兵衛は、大坂平野に本山のある融通念仏宗の信者だった。べろりと、門兵衛はうなじを延べる姿勢になった。

「あわッ」

叫んだのは、門兵衛ではない。門兵衛のうなじが火をふいた。同時に、益満の刀がはげしい音を立ててはねあがり、天井へ突きささった。少将は、ゆっくり刀をおさめながら、

「益満、むたいなことをするものではない」

ふたりのそばを離れようとしていた。

「お手並み、おそれ入りました」

益満も、ただ者ではない。はかまをはらいながら笑ったが、門兵衛をちらりとみて笑いを消した。門兵衛はさらにただ者ではなかった。たったいま殺されかけたくせに、いま腰をさぐってたばこ入れを抜きとろうとしているのだ。

「禁裡はん」

うしろで、お悠が、そっと呼んだ。

「お茶のおしたくができましたけど」

「ああ、茶か」

「ほほ、お悠はわかってます」

「なにをだ」

「禁裡はんのおなかのうち。お茶のしたくをいわはったときに、ははあ、これは逃げるつもりやな、と思うて、お向かいの部屋の益満はんに、そっと耳うちしといたンだすえ」

「油断のならぬ娘だ」

「禁裡はん、これだけはいうときます。益満はんや門兵衛はんがあきらめはっても、お悠だけは離れしまへんで」

「こまったな」

「なにも、こまることあらへん。とにかく、お茶のしたくができましたゆえ、お部屋におもどりやす」

「お悠」

少将は、お悠の肩を抱いて引きよせた。お悠はおどろいて、顔をあげた。益満と門兵衛とがおもわず顔をそむけたのが、少将のつけめだった。お悠の耳に口をつけ、ふたりに聞こえぬように気をくばりながら、少将はささやいた。

「よいか」

「ほんまだすか。禁裡はんのいうことは当てにならへんもん」

「こんどはうそではない」

「ほんまかなあ」

疑わしそうにつぶやきながら、お悠の顔に喜色がかくせなかった。

4

少将のとなりの部屋は、炉が切られていて茶室がわりに使えるようになっていた。風炉の上のかまがたぎるころ、少将は正客の座につき、益満ほかふたりの薩藩の士と門兵衛、青不動がそれぞれお相伴の座についた。

「拙者は薩藩のいなか者ゆえ、礼にかないませぬぞ」

益満が冗談めかしていったが、だれも笑おうとはしなかった。

どの顔も、こころもち緊張していた。少将が今夜のうちにも逃げだすのではないかと疑い、逃がすまいと用心している表情だった。

「もそっと、くつろげ」

少将がいったが、一同、わずかに頭をさげただけだった。

「べつに、毒を盛ろうというわけではないぞ。くつろがねば、茶にならぬ」

「さすれば、無茶でござるな」

門兵衛は、笑わずにいった。この男もこの男なりに緊張しているのだろう。

お悠が、少将の前に進み出た。少将はむぞうさにすすりおわると、茶わんをおき、

「益満、いずれ、江戸か京かで会う日があろう。堅固でくらせ」

「え。すると、薩摩屋敷にはおいでねがえませぬのか」

「わたしのような者がやっかいになると、島津少将が幕府に対して迷惑をするぞ」

「太守は、もとよりお覚悟のまえでござる」

「いや、遠慮をしよう。わたしは、ひとりで江戸へはいりたい」

「この門兵衛を」

益満はあごでしゃくって
「お連れなさるのか」

「むろん」

門兵衛がうなずいた。

「お供つかまつる」

「あほうめ」

少将は、ふきだした。

「そちとは、上方にもどってからゆっくり会おう。そのときの気持ちしだいで、ひょっとすると、官位を捨てて小西屋仙女円本舗の養子にもどりたい、というかもしれぬ。それまでは、右近衛少将高野則近は、小西屋のものでもなければ、薩摩藩のものでもない」

「尊融法親王のものでござるな」

青不動が、わが出幕とばかりに進み出て、いった。

「うむ、役目ではそうだ。しかし、高野則近は法親王の所有物ではない」

「では、だれの――」

「わからぬか。――そこにいる」

「あ、お悠どの」

だれかが、おもわずつぶやいた。

「そうさ」

少将が笑った。

一座の視線が、いっせいに風炉の前のお悠に集まった。お悠は、顔を伏せた。それが羞恥のしぐさだと思ったのが、この一座の大きな不覚というべきだった。お悠のたもとがひそひそと動いていた。みんなが、あっ、と叫んだときは、お悠は茶がまを炉の中にたたきこんでいた。

湯気と灰が、部屋に満ちた。

燭台の灯が消えた。

益満も、門兵衛も、青不動も、いっせいに立ちあがった。

「灯を」

益満が、伊集院たちにどなった。騒ぐだけで、容易に灯がつかなかった。

部屋がふたたび明るくなったとき、そこには、少将もお悠もいなかった。

益満は、腕を組んだままぼうぜんとしていたが、やがて自分をとりもどしたらしく、

「これでよか」

と、かわいた声で笑った。お悠さえおれば薩摩屋敷に来ると思ったのだろう。笑いは、門兵衛にも伝染した。このほうの笑いは、湿った神楽笛の音のようにひねくれていた。

「まあええやろ。お悠が、いずれ仙女円本舗に連れもどしてくれるわい」

とつぶやき、

「江戸までは七里か」

おそらく少将とお悠はあすの夕方までには江戸に着くだろう、と百済ノ門兵衛はおもった。

本作品中に差別的ともとられかねない表現が見られますが、著者がすでに故人であることと作品の文学性・芸術性に鑑み、原文のままとしました。

（春陽堂書店編集部）

春陽文庫

花咲ける上方武士道 下巻

2022年12月25日　新版改訂版第1刷　発行

著者　司馬遼太郎
発行者　伊藤良則
発行所　株式会社　春陽堂書店
〒一〇四―〇〇六一
東京都中央区銀座三―一〇―九
KEC銀座ビル
電話〇三（六二六四）〇八五五（代）
印刷・製本　株式会社　加藤文明社

ISBN978-4-394-90433-5 C0193